長編時代小説

恋《れん》慕《ぼ》舟《ぶね》

深川鞘番所

吉田雄亮

祥伝社文庫

目次

深川繪圖

㈠ 深川大番屋（鞘番所）
㈡ 靈嚴寺
㈢ 法苑山 浄心寺
㈣ 外記殿堀（外記堀）
㈤ 櫓下裾継
㈥ 摩利支天横丁
㈦ 馬場通
㈧ 大栄山金剛神院 永代寺
㈨ 富岡八幡宮
㈩ 土橋
(十一) 三十三間堂
(十二) 洲崎弁天

い 万年橋
ろ 高橋
は 新高橋
に 上ノ橋
ほ 海辺橋（正覚寺橋）
へ 亀久橋
と 要橋
ち 青海橋
り 永代橋
ぬ 蓬莱橋

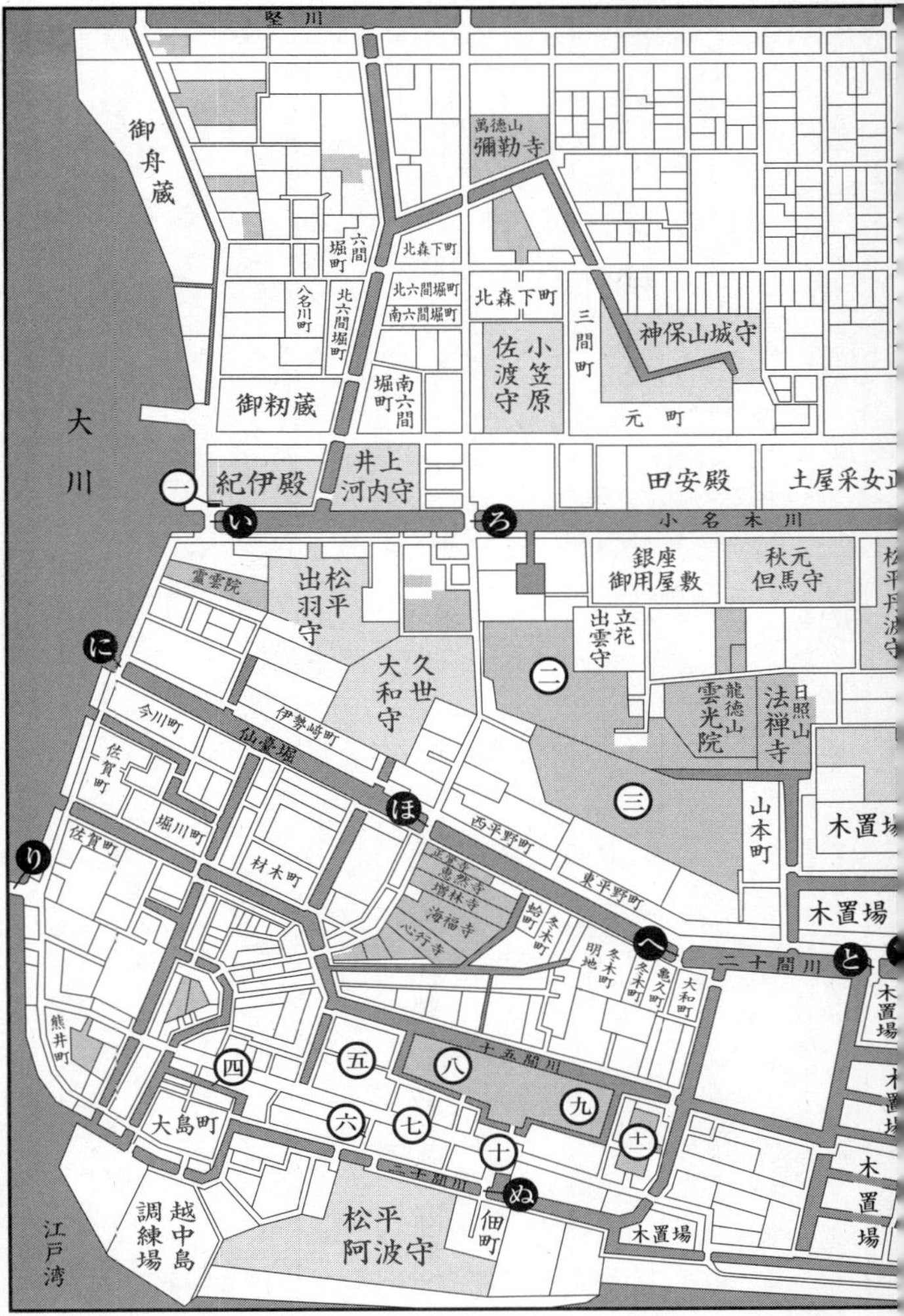

堅川
御舟蔵
萬徳山
彌勒寺
六間堀町
北森下町
八名川町
北六間堀町
北六間堀町
南六間堀町
北森下町
三間町
神保山城守
小笠原佐渡守
南六間堀町
御籾蔵
元町
大川
紀伊殿
井上河内守
田安殿
土屋采女正
一
い
ろ
小名木川
霊雲院
松平出羽守
銀座御用屋敷
秋元但馬守
松平丹波守
立花出雲守
に
久世大和守
二
龍徳山雲光院
日照山法禅寺
今川町
伊勢崎町
仙臺堀
佐賀町
ほ
三
山本町
木置場
堀川町
佐賀町
西平野町
り
材木町
正覚寺
恵然寺
増林寺
海福寺
心行寺
東平野町
蛤町
冬木町
木置場
明地
冬木町
冬木町
亀久町
大和町
へ
二十間川
と
木置場
熊井町
十五間川
四
五
八
六
七
九
十
十一
木置場
大島町
二十間川
ぬ
木置場
松平阿波守
佃町
木置場
越中島調練場
江戸湾

本文地図作製　上野匠（三潮社）

一章　粋筋掏摸《すり》

一

鳩の群れが羽音を響かせて高々と舞い上がった。

それらの鳩を追うように宙に飛んだものがあった。それは空に舞うことは、ありえない代物《しろもの》だった。

褐色の地に銀鼠《ぎんねず》の麻の葉模様の帯が晴れ渡った空を切り裂《さ》き、風に吹かれて揺蕩《たゆと》うている。

「何しやがる。この助平《すけべえ》」

女の甲《かん》高い声が重なった。

つづいて、柿渋の地に黒で縁取《ふちど》られ、濃淡と太さの違う線が互い違いに配された縹《はなだ》色の子持ち筋の小袖が高々と投げ上げられた。

「何すんだよう。いきなり飛びかかってきやがって。離せ。手を離しやがれ」

女が長襦袢《ながじゆばん》の胸元を摑《つか》んだ男の手を押さえて、わめきたてる。気性の強さが顔に出ているが、細面《ほそおもて》で、はっきりした顔立ちの、なかなかの美形だった。小股《こまた》の切れ上がった粋筋の女とみえた。男は一見、優男《やさおとこ》にみえるが、その目に獰猛《どうもう》な光がある。荒《すさ》んだ日々を送る遊び人に違いなかった。

「裸に剝《む》いて調べてみろ、と舐《な》めくさった啖呵《たんか》を切ったのは、女掏摸《すり》、てめえのほうだぜ。さあ、掏った巾着《きんちゃく》を返せ。返さないと引ん剝いて生まれたまんまの姿にしてやる」

「掏摸なんて人聞きの悪いことをいいやがって。ここは富岡《とみおか》八幡宮の境内《けいだい》だよ、お参りに来てる人たちの前で犯そうとでもいうのかい」

「お望みなら、そうしてもいいぜ」

薄ら笑った優男風が長襦袢の襟《えり》を開こうと摑んだ手に力を込めた。優男の仲間か、一癖ありげな顔つきの男たちが六人ほど、ふたりを取り囲んでいる。

「悪党。恥知らずの悪党め」

女は死に物狂いの力で抗《あらが》っている。が、襟は少しずつ開いていき、むっちりとした肩が剝き出しとなった。

「脂《あぶら》ののった、いい躰《からだ》をしてるじゃねえか。そそられるぜ」

女の肩をぺろりと舐めた。

刹那《せつな》……。

「痛《つ》うっ。嚙《か》みやがったな」

優男風が手を押さえた。血が滴《したた》っている。皮だけでなく肉まで嚙み裂かれたのだろう。

間髪《かんはつ》を入れず、女が体当たりを喰《く》らわせた。優男がよろけた隙《すき》に逃れようと走った。

「舐めた真似《まね》しやがって」

取り囲んでいた頰に傷のある男が女の顔に痛烈な拳固《げんこ》を叩き込んだ。

女が呻《うめ》いてそのまま倒れ込んだ。優男風が、

「この阿魔《あま》。とことん、いたぶってやるぜ」

うずくまった女の襟を摑み、懐《ふところ》に忍ばせていたのか匕首《あいくち》を抜いて襟首を切り裂いた。背中が半《なか》ばまで剝き出しとなる。

胸元を押さえ、うずくまった女の首に匕首の峰を当て、

「命が欲しかったら無駄な足搔《あが》きは、ここまでにしな。女を喜ばせることには慣れている、おれだ。八幡宮のご本尊と野次馬《やじうま》たちに、おめえの歓喜する声と姿をたっぷり

と楽しんでもらうこととするかい」

匕首を斜め後ろに投げ捨て女に覆《おお》いかぶさった。

「畜生。やめろ。やめないか」

女が胸元を必死に押さえる。

「ここまで来たんだ。おれの男が、もう引き返せねえと猛《たけ》り狂っているぜ」

長襦袢の腰紐《こしひも》を引き剝《は》がして放り投げた。

そのとき……。

「そこらで勘弁してやれ」

その声に、女の背に唇を這《は》わせていた優男風が顔を上げた。ふたつに割れた野次馬の間から深編笠の武士が悠然と姿を現した。鉄紺色《てっこんいろ》の小袖を着流している。浪人者とおもえた。

「下手《へた》な手出しをすると怪我《けが》することになるぜ」

傷のある男が凄《すご》んだ。

「そのことば、そのまま返しておく」

歩み寄りながら応じた深編笠に、

「野郎」

と殴りかかった傷のある男の手首を、わずかに身を躱《かわ》して摑んだ深編笠が、

「売られた喧嘩は買うことにしている。容赦はせぬ」

その腕をねじ上げた。

「痛《いた》っぅ。折れる」

「もとより腕は折るつもりだ」

さらにねじ上げようとした手を、なぜか止めた。

「これ以上、やると折れる。仲間の腕だ。折られたくなかったら女を離せ」

深編笠のことばに、

「腕が、腕が折れる。頼む、女を、離して、くれ」

傷のある男がわめく。

「くそっ」

優男風が女を突き飛ばした。

「来い、女」

呼びかけに、這いずるようにして男から離れて立ち上がった女が、襟元を押さえながら腰紐を拾った。深編笠の後ろに身を置く。前を押さえながら、腰紐を結んだ。背中は剝き出たままだった。

「女は受け取った。代わりに、こ奴を解き放してやる」

手を離し、突き飛ばした。

数歩よろけて、傷のある男が腕を押さえたまま振り返った。ほとんど同時に、匕首を抜き連れた男たちが突きかかる。

身を躱した深編笠の腰から閃光《せんこう》が走った。叩き落とされた匕首が地面に転がった。

「次は匕首だけではすまぬ。腕か足か、どこかが躰と泣き別れということになる」

右下段に構えて一歩迫った。

怯《ひる》んだ男たちが後退《あとじさ》った。それを見届けて女が逃げようと深編笠に背を向けた。

「女、逃げることは許さぬ。逃げようとしたら男たちと同じ目にあうことになる」

ぴくり、と躰を竦《すく》ませ、女が動きを止めた。

「いい心がけだ」

さらに、男たちに一歩迫った。

「無駄に時を過ごす気はない。かかって来ぬなら、こちらから行く」

大刀を中段に構えなおした。

男たちにさらなる怯えが走った。素早く目線を交《か》わしあう。

「野郎、覚えてやがれ」

捨て台詞《ぜりふ》を吐《は》いて優男風が背中を向けた。脱兎《だっと》の如《ごと》く逃げ去っていく。男たちがつづいた。

野次馬のなかのふたりが、それぞれ帯と小袖を女に渡しにきた。

大刀を鞘《さや》に納めながら深編笠がいった。

「早く小袖を着ろ」

「いわれなくたって、いま着てますよ。このままじゃ歩けない」

袖を通しながら女が突《つ》っ慳貪《けんどん》な口調で応じた。

「やけに愛想なしの声を出すじゃねえか。助けてやったんだぜ」

「恩の押し売りかい」

帯を締め終わって女が口を尖《とが》らせた。

「縁もゆかりもないのに躰を張ったのだ。多少は恩に着てもよかろう。酒の酌ぐらいしてもらいたいものだな」

「はいはい。わかりました。どこへでもついていきますよ」

「わかりのいいことだ」

深編笠が歩きだした。

少し遅れて歩きだした女が、突然、踵《きびす》を返した。

その手を深編笠が掴んだ。

「行かせぬ」

「へっ。一難去ってまた一難かい。どうしようっていうんだよ。離せよ、痛いじゃないか」

掴んだ手を振り払おうと、もがいた。その手をさらにねじり上げ引き寄せた深編笠の顔が女の間近に迫った。

その顔に目線をくれた女が、

「旦那は……」

凍りついた。

深編笠の下からのぞいた顔は深川《ふかがわ》大番屋支配の与力、大滝錬蔵《おおたきれんぞう》のものであった。

「鞘番所の親玉にとっ捕まるなんて、ついてないねえ」

「知っていたか」

「深川大番屋の御支配さまのことを知らないじゃ、この深川ではもぐりですよ。端《はな》から助ける気はなくて、引っくくるつもりで出張ってきたんだろう」

「なら、どうする」

「旦那相手じゃ誤魔化《ごまか》しはきかないね。どこへでもお供しますよ」

「来い」

手を離した錬蔵は先に立って歩きだした。痺《しび》れたのか腕を揉《も》みながら女がつづく。

錬蔵は本殿裏に立つ大木のそばで立ち止まった。女も足を止める。

振り返って錬蔵が告げた。

「あの男から掏った巾着を出せ」

渋々女が帯の縫い目に手をかけた。縫い目と見えたのは目眩《めくら》ましの糸目だった。開くと、本来は縫い合わせてあるはずの布と布の隙間《すきま》に巾着や銭入れを挟み込める程度の物入れがひそかに作りつけられている。帯の秘密の物入れから男物の巾着をつまみ出し、錬蔵に渡した。

「糸目を重ね合わせて縫い合わせたかに見せ、帯に秘密の物入れを作りつけるとは、なかなか手の込んだ趣向だ。かなり名の通った女掏摸とみたが」

「お俊《しゅん》、といいますのさ。仲間内では手妻《てづま》のお俊と二つ名で呼ばれてます」

相手が錬蔵だとわかって観念したのか、悪びれることなく応《こた》えた。

錬蔵は巾着を開いた。中から一分金二枚と鐚銭《びたせん》数枚、折りたたんだ三枚の書付を取り出した。

「書付？」

首を傾《かし》げて、一分金と鐚銭を巾着に放り込んだ。書付を開く。

縦横《たてよこ》に太さの違う線が何本か引いてある。三枚を見比べた。いずれも書かれた線の模様が違っていた。

「判じ物か……」

首を捻《ひね》った。

しばしの間があった。

元のように書付を折りたたんで巾着に入れる。その巾着を懐にしまい、お俊に目を向けた。

「もう少し付きあえ」

再びお俊の手を握って引き寄せた。肩に手を回す。

「旦那、勘弁してくださいよ。出会ったばかりじゃないか。あたしが女掏摸だからって、昼日中《ひるひなか》から、いくら何でもひどいじゃないか」

逃れようともがいた。

さらに抱き寄せた錬蔵がお俊の耳元でささやいた。

「気づかぬか。男たちがつけてきている。桜の木の陰だ」

顔を向けようとしたお俊に、さらに小声で告げた。

「振り向くな。気づかれる」

動きを止めたお俊が視線を走らせた。立ち並ぶ桜の木の陰にあわてて身を隠した男たちの姿を目の端でとらえた。

「旦那……」

驚きの目を向けたお俊に、

「中味は二分と小粒少々だ。つけ回すほどの金高ではない」

「それで旦那は巾着を」

「男たちはあの場から逃げ出したふりをして、近くに身を置いた。それまでも異様なほどのしつこさで絡んでいた。引っ掛かるものがあったでな。それで、声をかけ、ここまで連れて来た」

「それじゃ旦那は、本気で、あたしみたいな女を、とことん助けてやろうとしてくれてたんだね」

信じられない顔つきでつづけた。

「いっとくけど、あたしは女掏摸なんだよ。いつ縄目を受けてもおかしくない身なんだよ」

片頬に笑みを浮かして錬蔵がいった。

「いくら女掏摸でも、誰かに狙《ねら》われていると知ったからには捨てておくわけにもいくまい。袖触れ合うも多生《たしょう》の縁、という。しばらく、おれに付きあうのだな」

「それは、もちろん。恩に着ます」

満面に笑みを浮かべて腰を屈《かが》めた。

「ついて来い」

「どこへでも」

お俊がつづいた。

二

馬場《ばば》通りをすすむと右手に火の見櫓《やぐら》がみえた。富岡八幡宮の一の鳥居をくぐり大島《おおしま》川に架《か》かる八幡橋、枝《えだ》川に架かる福島《ふくしま》橋を渡ると富吉《とみよし》町となる。

大川へ向かう道筋をたどると左手に熊井《くまい》町との境に建つ正源寺《しょうげんじ》の甍《いらか》がみえてくる。少し行くと正源寺の表門の前に出た。長く延びた参道の奥に楼門《ろうもん》がみえる。通りすぎた錬蔵は二つ目の、左へ折れる露地へ入っていった。半歩遅れてついてきたお俊が小声で呼びかけた。

「旦那、やっぱりつけてきますよ」

「さすがに手妻のお俊と二つ名を持つ掏摸の姐御《あねご》だ。勘が鋭い。並みの者なら気づかぬことだ」

「からかわないでくださいよ。二分と少し。わずかな銭で何て、しつこいんだろう。貧乏籤《くじ》ひいちまった」

お俊が大仰《おおぎよう》な溜息《ためいき》をついた。

入り組んだ露地をぐるりと回り込んだ錬蔵は、さらに奥へすすんだ。その先に裏長屋の露地木戸がみえた。正源寺の甍が間近に迫っている。長屋は正源寺の裏手に位置しているようだった。露地木戸から、どぶ板の敷かれた露地がまっすぐに延び、両側に平屋の細長い棟割り長屋が二軒並んで建っている。右手の、奥から三軒目の表戸が開けっ放しになっており、その前に荷車が置いてあった。荷台に古びた箪笥《たんす》が積んである。誰かが引っ越しをしているのだろう。

長屋のなかから、どこかいいなせな四十がらみの男が長持ちを抱えて出てきた。荷台に載《の》せた。なかへ戻りかけて、足を止めた。振り向いて、

「旦那、来てくだすったんですかい」

笑みを浮かべた。

深編笠を取り、錬蔵が、

「安次郎《やすじろう》ひとりに引っ越しの手伝いを押しつけるのは、いくら何でも気がとがめたのでな。それで足を運んだ」

十手持ちである手先の安次郎が、錬蔵の後ろからついてきたお俊に気づいて、訝《いぶか》しげに目を細めた。

「その女は？」

「拾ったのだ」

「拾った？」

錬蔵のことばを安次郎が鸚鵡《おうむ》返した。

「手妻のお俊と二つ名のある女掏摸だ」

「女掏摸ですって」

「旦那、人聞きが悪いことといわないでくださいよ。困っちまう」

あわてて、お俊が声を上げた。

「いろいろ、あってな」

目配せした錬蔵の視線の先を追った安次郎が、露地木戸の外から様子を窺《うかが》う男たちの姿を見いだした。

「なるほど。何やら曰《いわ》くありげな付《つ》け馬《うま》がついてるんですかい」

「そうだ。どうやら、あ奴らのひとりから、お俊さんが掏り取った巾着が因《もと》らしい」

「手癖が良すぎて、てめえで凶運を呼び込んだってことですね。自業自得ってやつだ。誰も恨《うら》めねえや」

揶揄《やゆ》する笑いを浮かべた。

「他人事《ひとごと》だとおもって、軽口もいい加減にしておくれよ。何が何だか気色悪くて、ほんとに弱ってるんだから」

ほとほと困り果てた様子のお俊に、

「こいつは、まっ正直でいいやな。そう、あっさり弱音を吐かれると、からかうのが気の毒になっちまう」

安次郎のことばに、

「口ほど弱ってるわけでもないんだけどね。あまり強がっても可愛《かわい》げがないから」

「これだ。だから可愛げが消えちまう。人手が足りないんだ。さっさと手伝っておくれな」

顔を指さして、お俊が、

「あたしが、かい。せちがらいねえ。ただで守ってもらえるわけがないとおもったよ」

「安次郎親分のご用命だ。せっせと働いてくんな」

笑いかけた錬蔵に、

「親分？　それじゃ、この人、御用聞の親分かい。物言いからして、どこぞの男芸者かとおもったよ」

と安次郎を上から下まで眺め回した。

「元は、な」

「やっぱり、ね。三つ子の魂、百までというけど、長年の稼業で身についた臭いって、なかなか抜けないものだねえ」

「お俊さんの、悪い手癖も、並大抵のことじゃ抜けねえのと違うかい」

にやり、としてつづけた。

「頼むぜ。せめて、おれがお俊さんを縄目にかけることがないようにしておくれよ」

お俊は、きっ、と睨《にら》みつけて、

「縁起でもないことをいわないでおくれな。せいぜい気をつけますよ」

「せいぜい、な」

ちらりと錬蔵に視線を走らせて安次郎がいった。

「さ、手伝っておくれな。まだまだ積み込む荷物が残ってらあな」

「わかったよ。観念して、付きあうよ」

入っていった安次郎につづいたお俊に、中から飛び出してきた男の子がぶつかった。よろけたのを慌《あわ》てて抱き留めたお俊が、

「大丈夫かい」

と呼びかけたのと、

「俊作《しゅんさく》、走っちゃ駄目だ、といったでしょ」

女の子がいったのが同時だった。見ると女の子は大きな風呂敷包みを抱えている。着替えでも入ってるのだろう。女の子は七つ、男の子は五つくらいにおもえた。

「俊作ちゃんと、いうの。わたしは、お俊。俊までは同じだね」

笑いかけ、女の子から風呂敷包みを受け取った。

「わたしは佐知《さち》。佐知、といいます」

「そう、お佐知ちゃん、いい名ね」

お俊がお佐知の頭を撫《な》で、ふたりの手を引いて荷車に風呂敷包みを置いた。

「子供の世話を焼いてもらうほうがよさそうだな。そのほうが手際よくすすみそうだ」

布団を包んだ白布を背負って出てきた安次郎が声をかけた。

「そうしろ。代わりにおれがふたり分働く」

そういった錬蔵が深編笠をお俊に手渡そうとした。

布団を荷台に積みながら安次郎が、

「旦那は、露地木戸の奴らと、さりげなく睨めっこをしていておくんなさい。目つきが、どうも気になりやす。何を仕掛けてくるかわからねえ」

「そうか。そのほうがいいかもしれぬ。荷車でも押さえておくか」

と渡しかけた深編笠を手に轅《ながえ》に腰をかけ、お俊に、

「これより奥で子供たちの相手をしてくれ」

と告げた。

無言でうなずいて、

「さ、お俊姉さんと遊びましょう」

と佐知と俊作の手を引いて井戸端へ向かった。

「お俊姉さんと来たぜ。まだ二十歳《はたち》前の気でいやがる」

苦笑いして安次郎が首を竦めた。

微笑《ほほえ》んだ錬蔵は、ちらりと露地木戸に目線を走らせた。露地木戸を通せんぼでもするように堂々と姿をさらして男たちが立っている。つけてきたのを隠す気はないよう

だった。無言の威圧を与えようとしている。子どもたちの笑い声が弾《はじ》けている。どうやら三人は楽しくやっているようだった。

ふたつめの布団の包みを背負って前原伝吉《まえはらでんきち》が出てきた。かつては北町奉行所で与力を務《つと》める大滝錬蔵配下の同心として、捕物の腕をふるった有能の士だった。荷台に荷物を置き、錬蔵に小声で、

「安次郎から聞きましたが、質《たち》の悪い付け馬つきの女掏摸を拾ってこられたそうで」

「見ろ」

示した錬蔵の目線の先を見やった前原が、訝しげに眉を顰《しか》めた。

「あ奴、どこかで見たような」

「見知っているのか？」

問いかけた錬蔵に、

「露地木戸の右手の柱のそばにいる優男風の遊び人を、どこかで見かけたような気がするのですが、どこの誰か、しかとはわかりかねます……しかし、たしかに」

と首を傾げた。

無言で錬蔵も男たちを見やった。

お俊にからんでいた優男風が露地木戸の陰に姿を消した。自然な動きだったが、錬

蔵には、

（あ奴も、前原を見知っているのかもしれぬ）

と感じられた。

「どこで、会ったのか。あのような遊び人は深川のどこにもいる。すれ違っただけかもしれぬが……」

前原は、うむ、と首を捻《ひね》りながら長屋のなかへ入っていった。

露地木戸に錬蔵は視線を置いていた。優男風は姿を現そうとしない。

露地木戸では、露地の真ん中に立っている傷のある男が優男風に話しかけていた。

「どうしたんだい、急に隠れたりしてさ。勢五郎《せいごろう》の知り合いかい。引っ越し、やってる浪人者とはよ」

「ちょいと厄介事《やっかいごと》が絡んでいる野郎でね。あんまり顔を合わせたくないのさ」

凍《こご》えた笑いを浮かべた勢五郎に傷のある男が、

「おめえのこった。どうせ女がらみのことだろう。気ぃつけたほうがいいぜ。どこでどんな恨みを垂れ流しているかわからねえからな。とばっちりは御免だからな」

「やたら血を見たがる勘助兄哥《かんすけあにぃ》がよくいうぜ。恨みを垂れ流しているのは、おめえのほうだろうが」

「違《ちげ》えねえや。おたがいさまってことになるようだな。それにしても、知り人が絡んできたとなると何かと面倒なことになるかもしれねえな」

吐き捨てた勘助に、

「長年付きあってきた、お仲間だ。冷てえことはいいっこなしといこうぜ」

片手拝みして勢五郎がいった。

「そうさな。深編笠の野郎、まだ見てやがるぜ。どこの誰だか知らねえが、痩《や》せ浪人の一匹や二匹、どうってこたあねえ。こうなりゃ根比《こんくら》べだ。一歩も退《ひ》くもんじゃねえ。姿をさらして、とことんつけ回してやらあ」

勘助は目を剝いて睨みつけた。獰猛な顔が、さらに獰猛さを増し、血に飢えた禽《きん》獣《じゅう》のような面《つら》つきとなった。

「畜生、目をそらさねえ。何て野郎だ。涼しい顔をして見てやがるぜ」

大きく舌を打ち鳴らした。

錬蔵は睨み合いをする気はさらさらなかった。傷のある男が、やたら凄みをきかせて睨みつけてきたことで、

（やはり、優男風の遊び人は前原を見知っているのだ）

と判じていた。身を隠したのは姿をさらしていて、どこの誰か気づかれるのを避けるために違いない。傷のある男が凄みを加えて見据《す》えてきたことが、そのことを裏付けているとおもった。


前原伝吉は、錬蔵が深川大番屋支配に任じられて深川にやってくるまで自ら、

〈かす〉

と名乗ってやくざ、茶屋や局見世《つぼねみせ》の用心棒などに雇《やと》われて身過ぎ世過ぎをつづけてきた、いわば無頼同様の者であった。

妻女が渡り中間《ちゅうげん》と理無《わりな》い仲になり手に手を取って逐電《ちくでん》したことから、

〈武士の面子《めんつ》が立たぬ不始末〉

と恥じて自ら同心の職を辞し、いずこかへ姿を消したのだった。

行方を案じていた錬蔵だったが、赴任した深川で前原に偶然出会い、

「同心職ではないが、おれの手下を務めてくれぬか」

と口説いた。錬蔵の熱い情けを感じ取った前原も、

「夢を、夢を見たくなりました。新しい夢を。おのれを試してみたいのです。今一

度、命の炎を燃やすことが出来るかもしれませぬ」

と申し出を受けたのだった。

そして、抜け荷にかかわる一つの事件を解決した。

「もはや、深川大番屋の手の者であることは知れ渡っている。お主が留守をすると子供たちだけになる。成り行きによっては幼子たちに危害を加える輩《やから》が出てくるかもしれぬ。このまま、この裏長屋に住みつづけるわけにはいかぬのではないか。鞘番所内の長屋に住まうがよい」

と錬蔵がいい、一思案した前原も、

「そうさせていただければありがたき幸せ」

と引っ越すことにしたのだった。

前原の引っ越し先は、事情を知った年嵩《としかさ》の同心松倉孫兵衛《まつくらまごべえ》が、

「そのようなことなら、身共が小幡欣作《こばたきんさく》と一つ長屋に住まいましょう」

と快く受け入れ、小幡もまた、

「前原殿は、鞘番所の者。便宜《べんぎ》を図りあうは当然のこと」

と応じ、今日の引っ越しを迎えたのだった。

荷台に安次郎と前原がふたりがかりで粗末な茶簞笥を積んだ。

「後は鍋や釜、茶碗などの食器など細かいものを残すのみです」

手の甲で汗を拭いながら前原が告げた。

「昼前には終わりますぜ」

ことばを添えた安次郎に、

「荷物を運ぶ道筋にある、どこかの店で蕎麦《そば》でも食そう。番人役で楽をさせてもらった。おれが奢《おご》る」

と錬蔵は微笑みを返した。

「そいつはありがてえ。少々、腹が空《す》いてきたところで」

ぽん、と安次郎が掌《て》を拳《こぶし》で打った。

井戸端で子どもたちのはしゃぐ声が上がった。

その様子を前原が目を細めて見つめている。

腕まくりしたお俊が指で水鉄砲をつくり器用な仕草で盥《たらい》に張った水を飛ばしていた。遠くまで水が飛ぶ度《たび》に子供たちが歓声を上げて、笑っている。

露地木戸で見張る男たちのことも忘れて錬蔵は、しばし、その和《なご》やかな景色に見入っていた。

三

夕日が西空に沈みかけていた。

前原伝吉の引っ越しは終わり、後片付けを残すのみとなっている。

深川大番屋の門番所の物見窓を細めに開け、錬蔵と安次郎は外の様子を窺っている。表門の出入りを見極められる場所に立つと、見張っている男たちの姿が見えた。

なぜか優男風の姿はなかった。

「おれたちが鞘番所に入ったら、奴ら、恐れをなして引きあげていくとおもったが、どうやら読みが甘かったようだな」

錬蔵のことばを受けた安次郎が、

「どうしやすか」

と板敷の間の上がり端に腰を下ろしたお俊を見やった。

「どうしたものか」

ふむ、と錬蔵が首を捻った。

顔を上げてお俊が、

「旦那、まさか、このまま、おっぽり出すなんてことはないでしょうね」

その目に怯えがある。

「名うての女掏摸の姐御が、納得ずくで仕遂《しと》げたことだ。てめえで、尻ぬぐいをするしかないんじゃねえか」

「そういわれたら一言《ひとこと》もないけどさ。ねえ、旦那、あたしゃ、殺されるんじゃないかと恐ろしいんだよ」

眉を顰《しか》めた。

「そうなるかもしれねえな」

「冷たいんだねえ。他人事だとおもって、旦那もよくいうよ」

見つめた錬蔵が、

「人の懐を狙う。掏られた相手次第で、どんな目にあうか、一度は自分の躰で味わってみることだな」

安次郎もことばを添えた。

「泣き寝入りしてくれるのは、その日その日を生真面目《きまじめ》に生き抜いている、善《よ》い人たちだけさ。もっとも、御上《おかみ》に駆け込み、頼み込むしか取り返す手立てを知らないってこともあるがな」

「あたしら掏摸仲間は、親方から掏り取る技を教わるときに掏りやすい相手の見分け方も教わるのさ。懐狙うなら堅気《かたぎ》の衆に限るってね。御上は、分限者《ぶげんしゃ》や大店《おおだな》の主人《あるじ》でもないかぎり町人が掏摸に巾着を掏られたと訴え出ても、まともに相手にしてくれない。掏り取ったその場を押さえられるなんてことは滅多にねえ。堅気の町人を相手にしてるかぎり、まず危ない目にあうこたぁねえってね」

応えたお俊に錬蔵が、

「それだけのことを心得ていたのに、なぜ見るからに質《たち》の悪そうな遊び人の懐を狙ったのだ」

「狙ったわけじゃありませんのさ。ぶつかったら、いつの間にか勝手に指が動いて掏り取っていたんですよ、あいつの巾着を」

自分の指をしげしげとお俊が見つめた。

「よほど修練したのだな、掏摸の技を」

半ば感嘆したような錬蔵の口調だった。

「芸達者と呼ばれる幇間《ほうかん》のなかには客に呑《の》まされへべれけに酔っていても、囃子方《はやしかた》の芸者衆がその男芸者の得意とする踊りのお囃子をやり始めると、むっくりと起きだして、ちゃんとした足捌《さば》きで踊り抜くという者もおりやす。酔いが醒《さ》めた後で、その幇間に聞いてみたら、踊ったことも覚えていない、なんてことはよくある話で。習い覚えて、厳しい稽古《けいこ》を重ねた技は、躰が覚えていて、その気がなくとも動き出すことがあるのかもしれやせんね」

昔を思い出したのか、安次郎が遠くを見る眼差《まなざ》しとなった。

「稀代《きたい》の剣豪といわれた宮本武蔵が編《あ》み出した二刀流は、左右から同時に斬ってかかられ無意識のうちに小刀を引き抜いて対応したことから始まった、といわれている。どんな技でも厳しい修行を積み重ねた者は、なかば無意識のうちに躰が動くものなのだな」

「旦那、そりゃ、あたしの修行はもの凄かったですよ。雪の日に、目隠しをされて水を張った盥に入れた鐚銭にさわって、銭の種類を当てていく。二刻（四時間）も三刻も、ぶっつづけでやらされるなんてことは、ざらでしたからね」

しみじみとしたお俊の物言いであった。

凝然とお俊を見据えた錬蔵が、

「それほどの修行を積んで身につけた掏摸の技だ。その気になれば他人の懐から巾着を掏り取ることは、いともたやすいだろう。手軽く銭が稼げるな」

「旦那、あたしゃ、金のなさそうな人から巾着を掏ったことはありませんよ。掏ったって、その日の暮らしに困らない人だと見込みをつけて、掏るんです。暮らしだって贅沢なんかしてません。あたしが食うに困らない程度しか盗《と》ってませんのさ。女掏摸だって、そのくらいの信条はありますよ」

「三度の飯が食えれば掏摸はやらないで、まともな暮らしができる。そういうことかい」

「それは……一度も考えたこともないし……どうするかねえ」

ことばを切って下唇を軽く嚙んだ。

しばしの間があった。

顔を錬蔵に向けて、いった。

「おまんまをちゃんと食べられて、小汚い身なりもしないですむ。そんな暮らしができる仕事があるんなら掏摸の足を洗ってもいい。そうおもいますよ」

「本心かい」

「本心ですよ。旦那に嘘ついたって、すぐばれちまう」

「そいつは買いかぶりだ。おれには、それほどの眼力はねえよ」

まじまじとお俊を見つめた。

「厭《いや》ですよ、旦那。そんなに見ちゃ。顔に塵《ごみ》でもついてますか」

照れたのか、お俊が微《かす》かに頰を染《そ》めた。存外、純なところが残っているのかもしれない。

「女掏摸とわかっているお俊さんを深川大番屋に置いとくわけにはいかねえんだよ、おれの立場上な。この道理、わかってくれるよな」

「旦那……」

「ただのお俊さんということになると話は別だ。大番屋に入っていったとわかっていても見張りをつづけている奴らだ。まっとうな稼業のものじゃねえだろう。鞘番所から外へ出たら、どこぞで何を仕掛けてくるかわからねえ奴らに狙われている女を、このまま、おっぽり出すわけにはいかなくなる。それがおれの務めだからな」

「それじゃ、旦那は、あたしに足を洗えと。洗えば守ってやると仰有《おつしや》るんですか」

「約束できるかい」

「ほんとですね。ほんとに守ってくださるんですね」

「掏摸の足を洗う、いいきっかけだとおもう。出会ったところが富岡八幡の境内だ。いわく因縁を感じてもいいかもしれねえぜ。もっとも、おれは神頼みはしないと決めている。いわゆる信条ってやつさ」

俯《うつむ》いていたお俊が顔を上げて、

「仲間から抜けるときのお仕置きが怖くてね。抜けようと何度かおもったけど、そのときになると気後《きおく》れしちまって。自慢にゃならないけど、鼻っ柱は強いが、ほんとのところは、あたしは大の意気地なしなのさ」

ことばを切って、錬蔵をじっと見つめた。眼差しに縋《すが》りつくような、必死なものがあった。

「旦那、あの男たちはもちろんのこと、掏摸仲間のお仕置きからも、あたしを守っておくれでないかい。掏摸はきっぱり、止《や》めるからさあ。命賭《か》けて約束するよ。だからお願い。この通りだよ」

手を合わせた。

「大滝の旦那」

顔を向けた安次郎の目が、

（鞘番所で、しばらくの間、お俊の面倒を見るわけにはいきませんか）

といっていた。

うむ、とうなずいた錬蔵が、

「ほとぼりが冷めるまで前原の長屋に住まってもらって、子供たちの世話でも焼いてもらうかい」

「ほんとかい」

「そいつは願ったりだ」

ほとんど同時にお俊と安次郎が声を上げた。

「もっとも、前原が何というかわからねえが、おれから頼んでみるよ」

錬蔵は微笑みを浮かべた。


「そういうわけだ。頼まれてくれねえかい」

小さく頭を下げた錬蔵に慌てた前原が、

「御支配に頭を下げさせるようなことではございませぬ。お俊を住まわせるのは、いと易《やす》きことなれど、何せ男と子供ふたりの所帯、いささか気がかりなことも……」

不安げな面《おも》持ちで視線を投げた。佐知と俊作が引っ越し荷物を片付けているお俊にまとわりついている。そばで布団を袋から出している安次郎が笑いながら揶揄した。

「お俊、まるで、おっ母《か》さんみたいだぜ」

「そうかい。それじゃ、おっ母さんの真似事でもさせてもらうかね」

お俊が佐知と俊作を抱き寄せた。ふたりが弾けるような笑い声を上げた。

「案ずるより産《う》むが易し、という。暮らしだせば何とかなるやもしれぬぞ」

「そうかもしれませぬな」

笑みを交わした錬蔵と前原がお俊と子供たちに目を向けた。

雨戸を開ける音がしたような気がして、お俊は寝床からゆっくりと身を起こした。寝衣《ねまき》の襟をかき合わせて立ち上がった。襖《ふすま》に手をかけ音を立てないように気を配って、開けた。足音を忍ばせて廊下を雨戸のほうへ向かった。柱の陰から窺う。

雨戸が一枚、開かれていた。縁側に寝衣姿の男が腰をかけていた。腕組みをしている。後ろ姿で前原伝吉だとわかった。

(引っ越したばかり。慣れぬところで寝苦しいのかもしれない)

そうおもったお俊は気づかれぬよう、再び足音を忍ばせて自分の寝間へもどった。

前原伝吉は、お俊が足音を忍ばせて様子を窺いにきたことに気づいていた。

(深更《しんこう》のこと、雨戸が開いた音に身の危険を覚えて、たしかめに来たのであろう)

身から出た錆《さび》とはいえ一癖ありげな男たちに狙われているのだ。無理はない、とおもう。

起きだしたのには理由があった。お俊をつけ回している男のひとりに見覚えがあったからだ。

どこで見かけたか、どうにも気にかかった。床に入っても、ついつい男のことに思案がいってしまう。寝つかれぬまま起きだして、外の空気にでも触れて気分を変えようと雨戸を開けたのだった。

昼間の晴天が嘘のように空には星一つ見えなかった。黒雲が重く垂れ籠《こ》めている。今にも雨が降り出しそうな、陰鬱な景色におもえた。

幾重《いくえ》にも重なって、こころの奥底までも暗く閉ざすかにみえる暗雲が、空を見上げている前原にひとつの記憶を甦《よみがえ》らせた。

「あ奴だ。風体《ふうてい》があまりに変わっているので一目見ただけでは気づかなかったが、あ奴に違いない」

無意識のうちに奥歯を嚙みしめていた。憎悪と、忘れようとしても忘れられない怨念の塊《かたまり》が突然、躰の奥底から噴《ふ》き出てきて、悲鳴に似た叫び声を上げさせようとしている。

それを、目を閉じて懸命に堪《こら》えている。が、握りしめた拳が小刻《こきざ》みに震《ふる》えるのは押さえきれなかった。

耐えきれなくなったのか歯の間から呻《うめ》きが漏《も》れた。地獄の底から這い上がってきたような深い悲しみが、聞く者のこころに染《し》み込んでいく。そんな響きが籠もっていた。

いつしか呻きは喘《あえ》ぎに変わり、聞き取れぬほどの嗚咽《おえつ》へとうつろっていった。

固く閉ざした前原の両の目から、とめどなく涙が溢《あふ》れ出て頰をつたい、震える拳に滴《したた》り落ちていく。その涙は、永久に涸《か》れ果てることがないように感じられた。

四

翌朝、同心詰所で松倉孫兵衛、八木周助《やぎしゅうすけ》、溝口半四郎《みぞぐちはんしろう》、小幡欣作ら同心たちと顔合わせの挨拶を交わした後、庭へ出た前原が錬蔵に、

「見廻りに出かけてきます」

と硬《かた》い顔で告げた。

「どうした？　顔色が悪いぞ。躰の具合でも悪いのではないか」

そばにいた安次郎が、

「お俊が慣れぬ手つきで火を熾《おこ》して、朝飯をつくってましたが、食い物にでも当たったんじゃねえですか」

と軽口を叩いた。

「いや、おもいの外《ほか》、うまかった。子供たちも『おいしい』と喜んで、御飯のお代わりをしたくらいだ」

前原は抑揚のない口調で応え、

「それでは」

と頭を下げて踵を返した。

見送って首を傾げた安次郎が錬蔵にいった。

「前原さん、やっぱり、どこか悪いんじゃねえですか。何かいつもと違いますぜ」

「そうさな。居場所が変わったのだ。よく眠れなかったのかもしれぬな」

「どこでもすぐ眠れる、あっしにゃ、よくわからねえことですがね。それじゃ座敷の掃除でもしてから、見廻りにでかけやす」

浅く腰を屈めた。

うなずいて錬蔵も歩きだした。

門番所に着いた錬蔵は物見窓へ向かった。薄目に開ける。

頭数こそ減っていたが、おもった通り、昨日、お俊をつけ回していた男たちのうちのふたりが表門の出入りを見張れるところに立っていた。

(おそらく裏門にも張り込んでいるはず)

と判じた。

異常なまでのしつこさだった。

（掏られた巾着に、よほど大切なものが入っていたとみえる）

物見窓から離れ、門番所を出て、用部屋へ向かって歩きながら思索を重ねた。結句、縦横に太さの違った線が引かれた書付にしか、辿《たど》りつかなかった。三枚とも図柄が違っている。太い線の左側は上から下まで多数の線が引かれているが、右側は下半分に数本の線が集中していた。男たちの様子からみて、何かの判じ物であることは推量できた。

（何の判じ物だと、いうのだ。わからぬ）

錬蔵は首を捻った。

そうこうしているうちに用部屋へついた。目を通さなければならない書付が山積している。

（一日かけて始末をつけることになろう）

動き回るほうが好きな質であった。文机《ふづくえ》の前に坐って、書付を読むことを考えると気が滅入った。

無意識のうちに、ふうっ、と大きな溜息をついていた。

大川を積み荷を積んだ小船が行き来している。舳先《へさき》が切り裂く水が高々と上がっているところをみると、川の流れがいつもより激しいのだろう。

昨夜の重く垂れ籠めた雲が強い風に吹き払われたのか、たなびく雲の塊を空のあちこちに散らしている。

伸びた月代《さかやき》を川風に揺らして大川の土手に立つ、古びた小袖を着流した浪人がいた。いまは深川大番屋の手先を務める前原伝吉であった。

足下の人の頭ほどの大きさの石に、前原は目を移した。再会した、かつての上役、大滝錬蔵と話し合った場所でもあった。そのとき、錬蔵は、いま、見つめている石に袱紗《ふくさ》をかけ、その上に十手を置いた。鈍い光を放つ十手が、どれほど眩《まぶ》しく感じられたことか。

崩れるように膝を折った前原は跪《ひざまず》き、その石を愛《いと》おしげに撫で、呼びかけた。

「里江《さとえ》……」

その石の下に惚《ほ》れて惚れ抜いた、それでいて憎んで憎みつづけ、怨みつづけた恋女房の里江が眠っている。その石こそ、里江の墓標代わりであった。

何も知らぬ錬蔵が、その石に十手を置いたとき、前原が受けた衝撃は計り知れない

ものがあった。交錯する、さまざまな思いが躰を駆けめぐり、

(妻は、里江は、おれに許しを請《こ》うているのだ。悔い改めた里江の霊魂が、おれを大滝様に引き合わせ元の務めに戻れと願っている)

そう感じ取ったものだった。

この場で里江の命を絶った前原はおのれの所業を恥じつづけた。だからこそ自ら、

〈かす〉

と名乗り、やくざや無頼の者たちの用心棒を望んで引き受け、悪の世界に浸《ひた》り込んだ。が、どうにも裏の稼業に染まりきれなかった。持って生まれた気性が、

〈相《あい》いれない渡世〉

と告げていた。錬蔵が発した、

——いつまでかすを気取っているつもりだ。時はどんどん過ぎ去っていく。ふたりの子をかすの子として育てていくつもりか

とのことばがこころを大きく揺らした。それまで封じ込んでいた本来の気質が甦った瞬間でもあった。

が、いま、その気持が揺らいでいる。

引っ越しのさなか見かけた、お俊をつけてきた男たちのなかに見覚えのある顔が混

じっていた。

咄嗟《とっさ》にはおもい出せなかったが気になるまま記憶の糸をほぐしつづけ、ついに昨夜、その糸がほどけた。

男は里江と駆け落ちした渡り中間の勢吉《せいきち》だった。遊び人に風体が変わり、あまりにも、その形《なり》が、長年その渡世で過ごしてきた者だけが持つ容姿に、しっくりとおさまっていたため見違えてしまったのだ。

「里江……もはや、おれは、どうにもならぬところに来てしまった」

さながら生あるものに話しかけているかのような口振りであった。いきなり、石を平手で打った。

「許せぬ。どうにも許せぬのだ。おれは、おまえが息を引き取る間際まで名を呼んだ勢吉を許せぬのだ」

再び石を愛おしげに撫でた。

「おれは、里江、おまえを憎み切れぬ。未練者と嘲《あざ》笑うがよい」

その目から涙がこぼれた。落ちた涙が石の丸みにしたがってつたい流れていく。その軌跡《きせき》が前原に昔のことを、さらにおもい出させた。

里江と勢吉が手に手を取って逐電したことを知った前原は逆上した。上役の与力、

大滝錬蔵の留守を見計らって用部屋の文机に、
〈勝手乍《なが》ら御役御免致したく届け出候《そうろう》〉
と記した封書を置き、姿を消した。
深川という地名を何度か里江が口にしたことがあった。同心として培《つちか》ってきた勘が
勢吉の住まいは深川のどこぞにある、と告げていた。
ふたりの子の手を引き、当座の着替えだけを入れた風呂敷包みを抱えた前原は、熊
井町の裏長屋を仮の住まいと定め、暮らしだした。
長屋の住民たちは皆、親切だった。子供たちの世話をよく焼いてくれた。
「仕事に出かけるので頼む」
というと、快く引き受けてくれた。そのお陰で里江の行方を探ることができた。そ
れこそ足を棒にして深川を歩き回り、三月目《みつき》に居場所を突き止めた。
里江は深川は鶩《あひる》の局見世に叩き売られていた。駆け落ちしてわずか二ヶ月で勢吉に
捨てられていたのだった。客として出向いた前原は、
「子供たちのために、もう一度やり直そう。勢吉とのことは、なかったことと忘れ
る。おまえも忘れてくれ」
と渋る里江を説き伏せ、有り金をはたいて身請けした。だが、熊井町の裏長屋に向

かう途中で里江が逃げ出した。

後を追って捕らえたのが、この土手だった。

「厭だ。あんたが嫌いなんだ。一緒になったときから、あんたのことを好きになれなかった。身請けされて、あんたと暮らすくらいなら、女郎のままいたほうが、ずっといい。このまま別れておくれ。あたしのことは忘れておくれ。ほんとに、あんたが嫌いなんだ。側《そば》にいるだけで虫酸《むしず》が走るくらい嫌いなんだよ」

武士の妻としての嗜《たしな》みもことば遣《づか》いも忘れさっていた。蓮《はす》っ葉《ぱ》な口調で眉を逆立ててわめき散らし、ついには、

「かす。あんたはかすだよ。これほど嫌われてる女に、しつこくつきまとう、あんたは、どうしようもないかす野郎だよ」

と甲高く嘲笑った。

耐えていた前原だったが、我慢の限界を超《こ》えた。

「里江」

一声吠《ほ》えて躍《おど》りかかっていた。首を締め上げる。

「勢吉、助けて。勢吉」

手をふりほどこうと踠《もが》きながら、里江は勢吉の名を呼びつづけた。

そのことが、さらに前原を錯乱させた。腕に指に、あらん限りの力を込めた。

「勢吉っ」

里江の喘ぎに似た叫びに前原は逆上の極《きわみ》に達した。

「まだいうか」

突き放すや大刀を抜き放ち、起き上がろうとした里江の肩口に叩きつけた。肉を切り裂き、骨を断《た》ちきる衝撃が柄《つか》を握った手に重く鈍くつたわった。

目を剝き、空を摑んだ里江は、

「せ、い、きち」

と、小刻みに痙攣《けいれん》しながら、あくまでも、その名を呼んで息絶えた。

最期のことばが、愛おしさの籠もった声音《こわね》が、いまでも前原の耳に残っている。

「許せぬ」

おもわず歯の隙間から押し出すような声を漏らしていた。

「里江。おれは、おれは、おまえの愛しい勢吉を必ず討ち果たす。奴の息の根を止めねば、おれは、かすのこころを捨て去ることが出来ぬ。必ず、息の根を止め、墓標代わりのこの石の前に奴の首をさらしてやる」

憎々しげに言い放った前原の目から、再び涙が湧き上がり、一筋の糸を引いて頰をつたった。

「里江、おれは、いまでも、おまえを忘れられぬ」

石に頰を寄せた。腕で抱きかかえる。

しばらくの間、動きを止めていた前原は、低く含み笑った。聞いた者のこころを地底の奥深くへ引きずり込むような、陰惨な響きが含まれていた。

よろけるように立ち上がった。

「殺す。必ず勢吉を殺す。そのために、おれは向後《こうご》の命を使い尽くす。かすのままでは、まともな務めは出来ぬと悟った」

嚙みしめた奥歯がきしいで呻いている。

「里江、しばしの別れだ。勢吉の首との再会、楽しみにしておれ」

憎悪に顔を歪《ゆが》めて墓標代わりの石を見据えた。

五

昼過ぎに錬蔵は再び門番所に顔を出した。物見窓を細めに開けて外を眺めた。

男がいた。ひとりでいるところをみると相方は飯でも食いにいっているのだろう。

日々上がってくるさまざまな報告や願い書に目を通し、処置していく。それも深川大番屋支配の務めであった。深川を見廻り、取り締まりに当たることの多い錬蔵は、それらの書付の処理が、どうしても遅れがちになる。

〈何か、いい方法はないか〉

と思案したが何一つおもいつかなかった。生来、手を抜くことが嫌いな質《たち》である。が、それらの書付の処置を遅滞なくやりこなすには、ひとりでは無理、と悟った錬蔵は松倉を補佐役として使うことにした。

もちろん、錬蔵は、すべての書付に目を通す。

「読まなかったばかりに事件の予兆を見逃すこともある。そうなると悔いが残るんでな」

といい、あらかじめ、それらを読んでいた松倉と打ち合わせた。上がってきた書類にたいして回答や指示を記した書付が必要なことも多々ある。その回答書を松倉に書かせるというやり方を取った。

やらせてみると松倉は、思いの外、務めをこなしてくれる。もともと外回りより事務方のほうが向いているのかもしれない。

今日も、錬蔵は松倉相手に書付などの処理に当たっていた。その松倉が手があいた

ときに、

「裏門にも張り込んでいる男がいるとのこと。身共が見てまいりましょう」

と、さきほど様子を見に出向き、

「御支配の申される通り。男がふたり、握り飯を食いながら、道端に坐り込んでおりました」

と復申《ふくしん》している。

昼食はいつもなら安次郎が、長屋に用意している。門番所を出た錬蔵が長屋にもどると表にお俊が立っていた。両手に茶瓶と鍋を提《さ》げている。

錬蔵に気づいて、声をかけてきた。

「口にあうかどうか。温かい根深汁をつくったんで持ってきました」

「すまぬな。子供たちは」

「さっき昼は食べさせました」

「それはよかった」

表戸を開けて入った錬蔵にお俊が、

「入らせてもらいますよ」

といいながら、つづいた。

台所の板敷の間に置いてあった箱膳の前に坐った錬蔵に、

「御飯を温めましょうか。火種を竈《かまど》の灰の中に埋めてあると安次郎親分がいってました」

と問いかけてきた。そのことばから、昼飯のことであらかじめ安次郎と話ができていたことがわかった。

「温めなくともよい。冷や飯は嫌いではない」

笑みで応えたお俊が汁椀を手に取り、鍋の根深汁をついだ。錬蔵の前に置く。まだ湯気が立ち上っていた。

一口呑んで、

「うまい。汁は、やはり、温かいほうがいい」

と微笑んだ。

昼飯を食べ終わるのを待って、お俊が声をかけてきた。

「長屋に着替えや身の回りのものを取りにゆきたいんですよ」

無理もない、と錬蔵はおもった。昨日から着た切り雀の有り様なのだ。が、ひとりで行かせるわけにはいかない。男たちが掏られた巾着を取り戻そうとしていることは明白だった。

巾着の中味をあらためた錬蔵が、いったんは懐に入れたのを、男たちは見届けている。が、その巾着が、いま、どこにあるかは知らない。在《あ》り場所を知るには、お俊を捕らえて聞き出すのが一番手っ取り早い方法であった。

（お俊が鞘番所の外へ出れば必ず襲ってくるはず）

と推断していた。

溝口、八木、小幡の三人は見廻りに出ている。それぞれが分担を決め、日々回る道筋を変えながら見廻ることにしている、と松倉から聞いていた。

──大滝様が御支配になられてからというもの、皆が見違えるように変わってきました。やる気が出たのか、それぞれが探索のやり方を考え、話し合ってすすめておりまする

と顔をほころばせたものだった。

溝口ら同心たちをお俊の警固につかせるのは、はばかられた。

（前原と安次郎のふたりをつけるしかあるまい）

と錬蔵は腹を括った。

相手にするのは、お俊をつけ回している男たちだけではない。深川は、いつ何時《なんどき》、何が起きても不思議ではない土地柄であった。

富岡八幡宮が、

〈永代嶋八幡宮《えいたいじまはちまんぐう》〉

とも呼ばれることがあるのは、かつて、深川が、

〈永代嶋〉

という、浅瀬に浮かぶ小島だった名残である。

小名木《おなぎ》川以南の永代嶋を中心に江戸府内《ふない》で集めた塵芥《じんかい》を運んで埋め立てた、塵《ごみ》の山の上に成り立つ町、それが深川だった。もともと人の住めるような土地ではなかった。そこに無法者など得体の知れぬ者たちが流れ込み、住みついた。やがて木場が移ってきて、町としての形を成《な》していくことになる。

永代嶋八幡宮は江戸の中心から離れていることもあり、参詣する者も少なかった。八幡宮は弓矢の神を祀《まつ》る武人の社《やしろ》である。大川を挟んでいるとはいえ両国《りょうごく》橋などの橋を渡れば陸続きも同然となった永代嶋にある八幡宮をさびれさせては幕府の威信にかかわる、との意見が幕閣の重臣たちから湧き上がった。

まず公儀は永代嶋八幡宮の別当《べっとう》、大栄山《だいえいざん》永代寺を宮寺とし、

〈殷賑《いんしん》を極《きわ》める町とするには人の出入りを増やさねばならぬ〉

と、八幡宮の手前数町については、表店は茶屋でも多数の女を置いて参詣の者たちの相手をさせることを黙認する、と御法度《ごはっと》をゆるやかにした。

このことにより深川はなかば遊里として公認されたも同然の扱いになった。が、実体は非公認の岡場所《おかばしょ》であった。

永代寺門前仲町《もんぜんなかちょう》、土橋《どばし》、表櫓《やぐら》、裏櫓、櫓下の三櫓、大新地《おおしんち》、小新地、石場《いしば》、鶩《あひる》の深川七場所が中心的な遊所だったが、それこそ、

〈少し行くと、変わった趣向をこらした遊び場がある〉

といわれたほど多数の岡場所が所狭しと点在していた。岡場所には泡銭《あぶくぜに》を漁《あさ》る無頼どもが群がるのがつねである。やくざの一家が乱立し、縄張り争いが頻発していた。

さらに深川は色里と木場、乱立するやくざ一家以外に、小名木川、竪川《たて》、横川《よこ》、二十間川《にじっけん》に油堀《あぶらぼり》、亥《い》の堀など多数の川や堀が縦横無尽に町々を断ち割る一帯でもあった。

ために捕物は困難を極めた。陸から川へ、川から陸へ、はては川から江戸湾へと逃げ去る神出鬼没《しんしゅつきぼつ》の悪党どもの跳梁跋扈《ちょうりょうばっこ》に、指を咥《くわ》えて、ただただ切歯扼腕《せっしやくわん》するしか手がない捕方の有り様だったのだ。

深川大番屋支配に任じられた錬蔵は深川をつぶさに見て回った。

〈深川に住まう者たちのほとんどが岡場所にかかわっているのではないか〉

との疑念を抱いた。岡場所は公《おおやけ》には認められていない遊里である。岡場所にかかわる者たちは罪科《つみとが》の軽重《けいちょう》はあっても科人《とがにん》であることに間違いなかった。

〈かたく考えれば住む者すべてを縄目にかけることになる〉

そう思い至ったとき、錬蔵は、無意識のうちに苦い笑いを浮かべていた。

深川大番屋支配に任じられた者たちのほとんどが岡場所の女たちを取り締まり、引っ括る怪動《けいどう》にしか手を出していない理由《わけ》がわかったからである。

錬蔵は、些細《ささい》なことには目をつぶると腹を括った。

〈一件ずつ。まずは何か一件を取り上げ、重点的に取り締まるしかない〉

と決めたのであった。

黙り込んだ錬蔵の前に、お俊が湯呑み茶碗を遠慮がちに置いた。

満々と茶が満たされていた。

手に取って一口呑んだ。

少し冷めかけていたが、喉《のど》をうるおすにはほどよい熱さだった。

返答を待っているのか、お俊が様子を窺っている。湯呑みを手にしたまま、いった。

「前原と安次郎がもどってきたら、用心棒につける。長屋へ行って、身の回りの品々を持ってくるがいい」

「手数ばかりかけて、すみません」

いつもの伝法《でんぽう》な口調とは真反対のしおらしい物言いで、お俊が頭を下げた。

半刻（一時間）ほど過ぎた。前原と安次郎が相前後して鞘番所にもどってきた。

門番に、帰ってきたらふたり揃《そろ》って用部屋へ来るようつたえてくれ、と言い置いてあった。顔を出したふたりに錬蔵が告げた。

「お俊が身の回りの品を取りに行きたいといっている。悪いがふたりで用心棒代わりをつとめてくれ。男たちが張り込んでいる。何があるかわからぬ」

「つけてきた奴らが襲ってきて手に余れば、斬って捨ててよろしいのですな」

決めつけるような前原の言い方に剣呑《けんのん》なものを感じたのか、安次郎がちらりと走らせた視線を、問いかけるように錬蔵に移した。

その目線をやんわりと受けとめた錬蔵が前原を見やった。

「まずは捕らえる。まだ、線のみで描かれた絵図三枚の謎が解けぬ。男たちの誰かを捕らえて、責めにかけ口を割らせるが謎を解くには早道だとおもう」

「手強い相手で捕らえ得ぬときは斬り捨てるしかありませぬ」

ことばを重ねた前原に、

「そうよな。そのときは仕方あるまい」

と応え、

「前原、我らが任務は一件を落着するにある。おれは、男どもの動きから、何かを企《たくら》んでいる、と推断している。事件になる前に、その芽を摘《つ》む。それこそが心がけるべき第一の任務、だと考えている。そのこと、つねに、こころに置いて動いてくれ」

「胆《きも》に銘じておきます」

前原は深々と頭を下げた。

「安次郎、頼んだぞ」

「わかっておりやす」

安次郎は再び、ちらりと前原に目線を走らせ、大きく顎《あご》を引いて錬蔵を見つめた。

たがいの目が、

〈前原の様子が、どこか、おかしい〉

と告げあっている。

二章　跋扈夜鴉《ばっこよがらす》

一

深川鞘番所の表門を出たお俊と前原、安次郎の三人はのんびりと歩みをすすめた。表門を見張っていた男がついてきている。ひとりだった。残るひとりは仲間を呼びに裏門へでも走ったのだろう。

小名木川沿いに紀伊《きい》家下屋敷へ向かって行くと六間堀《ろっけんぼり》と小名木川が交わる。右へ折れると右手に橋がみえた。井上河内守《いのうえかわちのかみ》の下屋敷の裏門へ向かうためだけに架けられた橋であった。

六間堀の河岸道をすすみ雉子橋《きじ》をやり過ごすと右手に公儀の御籾蔵《おもみぐら》があった。深川元町《もと》の町家《まちや》と向かい合い中橋《なか》までも広がる、一町分《いっちょうぶ》（三千坪）の大きさを持つ豪壮なものであった。紀伊家下屋敷から御籾蔵へつづく道で身を隠すところといえば、せいぜい深川元町の町家が建ちならぶ細長い一画だけで、尾行するには、はなはだ都合の悪いところであった。が、男たちには、そのことは何の障碍《しようがい》にもならなかった。もともと姿をさらして張り込んでいたのである。隙《すき》あらば襲いかかろうとの気組みでついてきていた。

北六間堀町をすすみ、六間堀町との境の三《み》つ叉《また》をすすむと右手に北《きた》ノ橋がみえてくる。少しずつ数が増えて、すでに男たちは六人になっていた。が、不思議なことに前原伝吉が〈勢吉〉と呼び、頬に傷のある仲間の勘助が〈勢五郎〉と呼ぶ、優男風の姿はなかった。おそらく前原と顔を合わせるのを嫌って別の動きをしているのかもしれない。

仲間が勢五郎と呼ぶからには、おそらく勢吉という名は、何らかの目的をもって前原の屋敷へ入り込んだときに使った仮の名であろう。

その勢五郎は勘助たちの遙かうしろからついてきていた。見逃すまいとする眼差しの獰猛《どうもう》さは、一見華奢《きやしや》な躰つきの、歌舞伎の女形《おやま》にもみえる甘やいだ顔立ちとは、およそ似つかわしくないものであった。

北ノ橋を渡ったお俊たちは北森下《もりした》町と北六間堀町の間の通りをまっすぐにゆき、辻を左へ折れた。行く手に五間《ごけん》堀にかかる弥勒《みろく》寺橋がみえた。

弥勒寺橋と辻の真ん中あたりに右へはいる露地があった。露地をすすむと三つ叉の露地となり左へ折れると奥に露地木戸がみえた。

——薄汚れた身なりをせずにすむ程度の暮らしができるほどしか盗まない。狙う相手は、持っている巾着を掏《す》っても暮らしに困らないと見極めた者と決めている
とお俊がいっていたが、あながち嘘ではないようだった。

露地木戸の向こうにみえる長屋は、お世辞にも金のある者たちが住み暮らすところとは、おもえない代物《しろもの》だった。

「左手の一番奥があたしの住まいです。着替えるんで少し表で待っていてくださいな」

そういって、お俊は小走りに向かった。表戸を開けてなかへ入る。

「表と裏の二手に分かれて見張るか。おれが裏へ回る。この手の長屋のつくりは、よくわかっているからな」

「それではあっしは表を見張りやす」

前原が奥へ向かい、突き当たりを左へ折れた。

表戸の前に立った安次郎が、ぐるりを見渡した。どぶ板をしいた露地をはさんで二棟の長屋が向かい合って建てられている。前原が住んでいた長屋とよく似たつくりだった。

「なるほどね。たしかに、この手の長屋のつくりは、よくご存じのはずだ。ついこの間まで住んでたわけだからな」

独《ひと》り言《ご》ちながら警戒の視線を走らせた。顔を顰《しか》める。露地木戸からのぞいている男がひとりしか見えなかった。

「裏手に回ったかもしれねえな。どちらにしても持ち場を離れるわけにはいかねえ」

安次郎はいつもは懐にいれている十手を取り出し、掌を軽く叩いた。


長屋に入ったお俊は、眉を顰《ひそ》めた。昨日の夕方には帰るつもりだった。裏の抜け道に面した雨戸は閉めずじまいで戸障子のままになっている。

「簪《かんざし》に櫛《くし》、多少は金目になるものもあるっていうのに、不用心だね。ま、いろいろあったから、仕方ないけど」

独り言をいいながら、家の中を見回した。泥棒が入った形跡《けいせき》はなかった。

手早く着替えをすませたお俊は、箪笥《たんす》の引き出しを開け、小袖や襦袢など身の回りの品々を次々と取り出していった。畳に広げた風呂敷の上に積み上げていく。

最後の品を入れて風呂敷を結ぼうとした。その手を止め、ぐるりを見渡す。

「戻って来られるのかねえ、この長屋に」

無意識のうちにつぶやいていた。さまざまな思い出が残っている座敷であった。父とふたりの暮らしだった。掏摸《すり》だった父が十二のときに死んだ。身寄りのないお俊に、掏摸の親分が、

「親父の稼業を継がねえかい。おれが、たっぷり仕込んでやるぜ」

と誘った。そのときまで、お俊は父が掏摸だとは知らなかった。

(あたしは掏摸の娘だったんだ)

そうおもっただけで、こころが暗く沈んだ。

(どうにでもなれ。どうせ生まれついたときから堅気の暮らしができないよう定められた身の上なんだ)

捨て鉢な気分になった。その気持にまかせて、親分の誘いに乗ることにした。

親分の名を伊佐吉《いさきち》といった。お俊は伊佐吉にいわれるまま、掏摸の修行に明け暮れた。

「長屋を引き払っておれのうちに住んだらどうだ。手下たちは出入りするが、おめえひとりくらい住まう座敷ぐらいはあるぜ」

と何度もいわれたが、

「お父《と》っつぁんと暮らした長屋を離れる気には、ならないんで」

と断りつづけたのだった。

数年のうちに一人前の掏摸になっていた。

「おめえは筋がいい」

と伊佐吉は目を細めた。

何かと世話を焼いてくれる伊佐吉のことを、

（お父っつぁんとの付きあいを大事にしてくれている情けの深い、男気のある人）

と信じて疑わなかった。が、掏摸の技は仲間内でも一目置かれるほどになっていても、しょせん、お俊は世間知らずだった。なぜ親切にしてくれたか、その下心を思い知らされることが起きた。

人一倍負けん気の強いお俊の気性に付け入って伊佐吉が、

「いい姐御《あねご》になるためには酒を呑《の》んでも呑まれちゃならねえ。何にでも修行は必要なもんだ」

と、さんざん酒を呑ませ、酔い潰した。正体なく寝入ったお俊が目覚めたとき、一糸まとわぬ姿にされていた。太股に、つたい流れた破瓜《はか》の血が生乾きでこびりついていた。

傍《かたわ》らに四十ほど年の離れた伊佐吉が素っ裸で鼾《いびき》をかいていた。

（犯されたのだ）

と悟ったとき、不意に涙が込み上げて来た。一粒のしずくが目から零《こぼ》れ落ち頬をつたって流れただけであった。

ただ妙に、こころが冷え冷えと凍りついていったのを、いまでもよく覚えている。

その後、伊佐吉はお俊を自分の女扱いするようになった。仲間たちは姐御格としてお俊に接しだした。

だが、お俊は急速に伊佐吉から遠ざかっていった。最初の間こそ、求められるがままに躰を許していたが、やがて、それもはっきりと拒みだし、半年もせぬうちに、手を握られても振り払うまでになっていた。

数年ほど前から伊佐吉のところには顔も出さなくなっている。が、いまでも町中で掏摸仲間と顔を合わせたら、姐御にたいする挨拶をしてくるところをみると伊佐吉は手下たちには、相変わらずお俊は、

〈おれの女〉

として振る舞っているのだろう。

（それなら、それでもいい）

とおもっている。仲間たちに姐御として見られるのは、それなりに悪い気分はしな

かった。

勝手気儘《きまま》に毎日を過ごしている。仲間と親しく付きあうこともなかった。何よりも恐ろしいのは、

〈掏摸の足を洗った〉

とされ、

〈抜けたからには、それなりのけじめをつけるのが掟〉

と情《なさ》け容赦のない仕置きを加えられることであった。

いままでに仲間の仕置きを受け嬲《なぶ》り殺された者がふたりいた。匕首《あいくち》や脇差を使うことはなかったが、人気のない川原で丸太で殴りつづけられ、結句、血塗れのまま、ほったらかしにされて息絶えたのだった。

「堪忍してくれ。死にたくねえ」

と哀願する、かつての仲間を伊佐吉に命じられるがまま殴りつづけた掏摸たちの殺気走った顔つきが、いまも瞼《まぶた》に焼きついている。

何度か、

〈堅気の稼業につこうか〉

と考えたことがある、そのたびに、

〈仕置き〉の凄惨な様子が脳裏に浮かんで、

（このまいりゃあ仕置きにあうこともない）

とずるずる掏摸をつづけてきたのだった。

「堅気になる、いい折りかもしれないね」

おもわず口に出していた。大滝錬蔵の人柄からみて、縋《すが》りついていけば、とことん守ってくれそうな気がする。

ふっ、と苦い笑みを浮かべた。

いつも迷いつづけている自分を、

（ほんとに気弱な、意気地なしだね）

とおもったからだった。弱みを見せまい、と気を張って向こう意気が強い女に見せてきた。このところ、その芝居にも、

（疲れた）

と感じるときが多い。

「風の吹き回しにまかせるかねえ」

独り言ちた。しみじみとした口調だった。

気を取り直して、風呂敷を結ぶ。

ふたつの風呂敷包みを両手に立ち上がろうとしたとき、大きな物音がした。驚いて振り向く。間髪《かんはつ》を入れず、絶叫が響いた。

裏手のほうからだった。

表戸が開き、安次郎が飛び込んできた。

「そこを動くんじゃねえぜ」

棒立ちとなったお俊に声をかけ、土足のまま座敷に駆け上がった。裏に面した障子に手をかけ、引き開けた。

愕然として、

「前原さん……」

と呻《うめ》いた。

血刀を下げた前原が男の死骸を見下ろしていた。男の手に匕首《あいくち》が握られている。首の付け根から袈裟懸けに斬られていた。心《しん》の臓《ぞう》が一刀のもとに断ち割られている。瞬時のうちに息絶えたのであろう。

「いきなり匕首を抜いて、突きかかってきたのでな。斬って捨てた」

「他の奴らは？」

「雲を霞《かすみ》と逃げていった。おそらく戻っては来るまい」

前原は膝を折り、大刀の血を息絶えた男の小袖の裾で拭った。

「前原さん、腕の一本も切り落とすぐらいですましときゃ、手当をし躰の具合をみて責めあげ、何か聞き出すことができたんじゃねえですか」

棘《とげ》のある物言いだった。

「出がけに御支配は、そう仰有《おつしや》っていたな」

「それを承知の上で、なんで？」

立ち上がって大刀を鞘に納めながら、

「おれの剣の業前《わざまえ》は御支配ほどではない。余裕がなかった。それだけのことだ」

前原は抑揚のない口調でいった。

「そういわれちゃ、何もいえねえやな。鞘番所へ向かう道筋にある自身番の店《たな》番にいいつけて、死体を片付けてもらうことにしやしょう」

「足下の明るいうちに引きあげたほうがよい。奴らが助勢を呼んで、もどってくるかもしれぬ」

うなずいた安次郎がお俊を振り向いた。

「お俊さん、見てのとおりだ。長居は無用。急ごうぜ」

風呂敷包みを下げたまま愕然と立ち尽くしていたお俊が、呼びかけられて我に還《かえ》ったのか、慌てた仕草で大きく顔を縦に振った。

二

「そうか。性懲《しょうこ》りもなく男どもはつけてきたか」

錬蔵は、うむ、と顎を引いた。

深川大番屋支配の用部屋で、上座と向き合う形で前原と安次郎が座していた。お俊は前原の長屋から持ってきた身の回りの品の片付けをやっている。

「仲間がひとり斬られたんだ。多少は怖《お》じ気づいても可笑《おか》しくはねえんですがね。そんな様子が微塵《みじん》もみえねえ。悪党とはいえ腹の据わった奴らが揃《そろ》っている。何だか気色悪くなりやしたぜ」

苦笑いを浮かべて安次郎がいった。

「前原、よほど手強い相手だったようだな」

「裏の、戸障子に面した抜け道は人ひとり通るのがやっと、といっていいほどのもの。屋根を踏む足音に気づいたときは遅うござった。ひとり匕首を抜いて飛びかかって来たのを飛んで避け、抜き打ちに仕掛けるのがやっとでござった」

「屋根伝いにつづいてきたのか、奴らは」

「ひとりだけだったら気づかなかったかもしれません。多人数だったゆえ、踏みつづけた瓦《かわら》がずれ、きしむ音を発したのではないかとおもわれます。いずれも身軽な身のこなしでございました」

「よほど修羅場《しゅらば》馴《な》れした輩《やから》とおもわねばならぬな。盗人の一味か」

「盗人……」

鸚鵡《おうむ》返しにつぶやいた前原が、黙り込んだ。俯《うつむ》いて細めた目を宙に泳がせた。何か思い当たることがある。そうみえる顔つきだった。

無言で錬蔵は見据えている。探るものがその目の奥にあった。

しばしの沈黙があった。

顔を上げて前原がいった。

「徒党を組んで悪事をなし、屋根伝いに歩くなど身軽な動きも出来うる者ども、盗人の一味に違いありませぬ」

「我らが推測、当たらずといえども遠からず、かもしれぬ」

うむ、と首を捻《ひね》り、安次郎に顔を向けて、錬蔵が問うた。

「ちかごろ、この深川で盗人の噂を聞いたことがあるか」

「このところ、耳に入ってきやせんね。もっとも本材木町《ほんざいもく》界隈《かいわい》で夜鴉《よがらす》の何とか、とかいう盗人の一味がたてつづけに二店、大店《おおだな》を襲ったと聞きやしたが」

「盗人宿が、深川にあるという噂は」

「聞きやせん。逃がし屋がらみのことなら、ちらほらありますが」

「逃がし屋が、まだいるのか」

「ひとり捕まえても、また次の逃がし屋が出てくる。雨後の竹の子みたいなもんでさ」

「元締めがいるのかもしれぬな、逃がし屋の」

「いない、とは言い切れやせん。何せ、船宿の船頭に漁師、船饅頭《まんじゆう》の舟守と、逃がし屋と疑えば疑える連中が深川の、そこかしこに、ごろごろおります。そいつらを束《たば》ねて仕切る野郎が、いてもおかしくはねえ」

　黙り込んでいる前原を、錬蔵は、ちらり、と見やった。

目を閉じている。何か考え事をしているのはあきらかだった。

「前原」

　呼びかけた。

目を見開いた前原が、一瞬息を呑んだ。わずかに動揺がみえた。

「逃がし屋のことだが」

「逃がし屋？　逃がし屋の噂は、ききませぬ」

素っ気なく応えた。錬蔵と安次郎の話を聞いていなかったことは見て取れた。

腕をさすって安次郎が、さりげなく横を向いた。

笑みを浮かべて錬蔵が、告げた。

「さっき、お俊が急いで飯の支度をするといっていた。腹も空《す》いた。そろそろ夕飯とするか」

無言で前原がうなずいた。


一刻（二時間）後、錬蔵は門前仲町の河水楼《かすいろう》にいた。通された座敷で主人の藤右衛《とうえ》門《もん》が現れるのを待っている。応対に出た政吉《まさきち》が、

「主人は、いま櫓下《やぐらした》にふたつある店のどちらかに出かけております。すぐ呼んでまいりますので暫時《ざんじ》お待ちください」

と腰を浮かせたのへ、

「帰るまで待つ。手間をかけて迎えにいかずとも、いいのだぞ」

と応えたのだが、

「いえ。大滝の旦那がいらっしゃったら、すぐにも声をかけてくれ、芸者衆が来るまでのつなぎでもよい、何かと話をしたいのでな、といいつかっております」

と笑みを含んでいい、出かけていったのだった。

藤右衛門は河水楼のほかに表櫓、裾継《すそまま》、門前東仲町などの深川七場所に茶屋十数店を有していた。河水の藤右衛門と二つ名で呼ばれ、深川では、

〈三本の指に入る顔役〉

と噂される人物であった。

顔役といっても、いわゆる無頼の、やくざ渡世に身を置いているわけではない。あくまでも茶屋の主人として、

〈女の色香と遊びを売る商人《あきんど》〉

としての稼業に励む者であった。

したがって、商《あきな》いに災いをもたらす無法者はあくまで手厳しく扱った。河水の藤右衛門は無頼に対抗する強大な、

〈力〉

を備えていた。

錬蔵は、仲間のひとりを斬り殺されても鞘番所の張り込みをやめない男たちの正体を、必ず突き止めると決めていた。

動きからみて男たちは、

〈御上《おかみ》の権威や御法度《ごはっと》〉

など、一切無視している輩であることは明白であった。

探索させるにしても深川大番屋の手の者では顔を知られており、端《はな》から無理とおもえた。何せ男たちは、それこそ朝から晩まで鞘番所の表門と裏門の前にいて、出入りする者を見張っている。門番から出入りの商人の人相まで見知っていると考えるべきだった。

鞘番所の前に立つなり坐るなりしているだけの者を、引っ捕らえるわけにはいかない。たとえ前原を襲ったことがあったとしても、そのことを深川に住む者すべてに、いちいち知らせて回ることもできない話だった。

深川は、法度の埒外《らちがい》にある岡場所の点在する場所であった。住まう者のほとんどが岡場所にかかわりを持っている。直《じか》に茶屋で働いていなくとも茶屋や局見世《つぼねみせ》に酒や魚、野菜などの食べ物を売ったり、簪《かんざし》や衣服のような身の回りの品々を小商いして日々のたつきを得ている者たちが多数いた。好むと好まざるとにかかわらず無法と関わり合って住み暮らしている者たちの町、それが深川だった。

(張り込んでいる男たちは、そのことをよく知っている)

そう錬蔵は判じていた。

おそらく男たちは、鞘番所の手の者が捕らえようと仕掛けてきたら抗《あらが》おうともせず、むしろ神妙に縄目を受けて利用するに違いなかった。それを見た深川に住まう者たちが、どのような動きをしてくるか、錬蔵には、おおよその見当がついた。

(公儀の定めた御法度を守らせようと働く深川鞘番所の者たちに今まで以上に逆らい、細かく悪さを仕掛けてくるに違いない)

と推《お》し量り、

(下手《へた》に動けば深川に住む者たちのほとんどを敵に回すことになりかねない)

と断じていた。

思案した錬蔵は河水の藤右衛門に白羽の矢を立てた。

河水の藤右衛門の手の者なら張り込んでいる男たちに顔を知られていない。尾行して、その住まいを突き止めることは、そうむずかしくないはずであった。

夜になると男たちはいずこかへ姿を消した。どこかに身を潜めて張り込んでいるのはたしかだった。ひとりで鞘番所を出た錬蔵だったが、河水楼までつけてくる者はいなかった。

（おそらく狙うはお俊ひとりと決めているからであろう）

そう推断しながら、じっと座している錬蔵だった。

賑《にぎ》やかな三味線や太鼓の音が聞こえてくる。時折、芸者の嬌声が混じった。おそらく男芸者あたりが面白可笑《おか》しく、腹芸などを披露しているのだろう。

ふと、

（お紋《もん》はどうしているだろう）

とのおもいが湧いた。お紋は門前仲町の芸者で、吉原《よしわら》では筆頭格の遊女、お職《しょく》に相当する板頭《いたがしら》に常時、名を連ねる売れっ子だった。

そのお紋の、稼業の妹分、小染《こそめ》の幼なじみのお美津《みつ》が神隠しにあった。たまたま錬蔵が追っていた事件とかかわりがあって、何かと相談にのっているうちに、たがいに想い合う仲になっていった。いまでは、時折お紋が長屋に訪ねてきては朝餉《あさげ》や昼餉の支度をしてくれる。錬蔵は菜をつくるために台所に立つお紋の姿を見るのが嫌いではなかった。土間からつづく板敷の間に、ただ黙って座している。それだけのことなのだが、なぜか、こころが安らぐのだった。

務《つと》めにかまけて半月近く、お紋の顔を見ていない。大番屋支配という錬蔵の立場をおもんぱかってか、神隠しの一件が落着してからというもの、お紋も、鞘番所に顔を出すのを控えているようにおもわれた。

（余計な気配りをせずに、遊びに来てくれればよいのに）

とおもうこともあったが、そのことを口に出すのは、なぜか憚《はばか》られるような気がしている。

と……。

急ぎ足で近寄ってくる複数の足音があった。その音が、錬蔵の座敷の前で止まった。

戸襖ごしに声がかかった。

「当家の主人、藤右衛門でございます。お待たせして誠に申し訳ありませぬ。ただいま参りました」

「入られよ」

顔を向け、錬蔵が応えた。

張り込む男たちについて細《こま》やかに話してきかせた鍊蔵に、

「その男たちのことを探索してくれ、というお話なら、お断りせねばなりませぬ」

淡々とした藤右衛門の口調だった。

「そうか。出来ぬか」

つねと変わらぬ物言いでいい、鍊蔵は、うむ、とうなずいた。おのれを納得させるかのような所作だった。

「以前にも申しましたが、わたくしは岡場所で商いを為《な》す者。御法度の埒外に住む者でございます。御法度を守る立場にあるお方が御法度の埒外にある者の力を借りる。そのことが表沙汰になれば、痛くもない腹を探るお偉方がいないとも限りませぬ」

じっと見つめた。

三

たしかに藤右衛門のいうとおりだった。

いま江戸北町奉行職を務める依田豊前守《よだぶぜんのかみ》は鍊蔵の失態を狙い、深川大番屋支配に任じたのだった。依田豊前守と親交の深い米問屋を米の買い占め、不当に値をつり上げた罪で捕らえ、処断せざるを得ぬ羽目に追い込んだのが事の起こりであった。

深川大番屋支配は、その職務を全《まっと》うしようと熱意をもって務めるほど、おのが命を賭けることになる苛酷な役務であった。

前任者の間宮作太郎《まみやさくたろう》は病を理由に深川大番屋支配御役御免を願い出た、表向きは、

〈病〉

となっているが、その実、深川の取り締まりに手こずって動きが取れなくなり、意気消沈したあげく気の病にかかったのだった。

そのことを、錬蔵が二十歳のとき任務の途上果てた父、大滝軍兵衛《ぐんべえ》の親友だった年番方与力、笹島隆兵衛《ささじまりゅうべえ》がひそかにつたえてくれている。

一本気の錬蔵が妥協することなく役目に邁進《まいしん》すればどうなるか。火を見るよりも明らかであった。

〈悪の怨みを買い命を狙われることは必定《ひつじょう》。命を奪われなくとも、しくじりを重ねるはず。詰め腹を切らせることもできる〉

との依田豊前守の陰湿な謀略が、錬蔵の深川大番屋支配赴任の裏には見え隠れしていた。

不敵な笑みを浮かべて錬蔵がいった。

「探られてもかまわぬ。やらねばならぬことは、やる。それしか手立てはないのだ」

「そう仰有《おつしや》られるとおもっておりました。大滝さま」

藤右衛門が視線を据えた。

「河水の藤右衛門は色の遊びを売る商人でございます。お客様方に楽しく過ごしていただく。そのことを第一義に考えております。この深川では、何ひとつ危ない目にあうことはないとの保証がなければ、お客さまは足をお運びになりません。お客さまがいなければ商いが成り立たぬが道理。お客さまを深川に呼ぶためには、河水の藤右衛門、鬼にも蛇《じや》にもなりまする」

「それでは……」

「勝手に動く、ということでございます。深川には深川なりのやり方がある、ということでございます」

「深川には深川なりのやり方、か」

「うかがった話はふたりだけの世間話。これからも、このような世間話をおおいに聞かせていただければ、ありがたいとおもうております。深川のためにもなる世間話とこころえておりますれば」

「藤右衛門、心遣い、ありがたく受けさせてもらう」

鋉蔵が頭を下げかけたのを手で押しとどめ、

「久しぶりのこと、今少し付きあってもらいます。お紋を呼ぶ、と申されても許しませぬぞ。今宵は河水の藤右衛門が大滝さまを独り占めじゃ。色気抜きで酒を酌み交わしながら四方山話《よもやま》と洒落《しゃれ》ましょう」

藤右衛門は手を打って、外へ告げた。

「政吉、酒と肴《さかな》を早く運べ。河水の藤右衛門は、しばらく行く方知れずになる。わかったな」

「わかりやした。行く方知れず、と心得やす」

戸襖越しに応えた政吉の足音が遠ざかっていった。

ほどなく、酒や肴が運ばれて来た。仲居とともに飯台に並べ終えた政吉に藤右衛門がいった。

「用があったら呼ぶ。いつものとおりにしておくれ」

「見猿聞か猿言わ猿の三猿を決め込んで間近に控えておりやす」

政吉は膝で後退《あとじさ》って戸襖を開け、座敷から出て行った。

戸襖が閉められたのを見て、藤右衛門が銚子を手に取った。

「まずは一献《いっこん》」

差し出した錬蔵のぐい呑みに酒を注ぎ、

「わたしは手酌で。あとは旦那も手酌の無礼講といきやしょう」

くだけた口調でいい、前に置いたぐい呑みに酒を注いだ。

翌朝六つ（午前六時）前に、風呂敷に野菜や蜆《しじみ》、油揚げなどを包んでお紋がやってきた。

日課の木刀の打ち振りを終えた錬蔵と安次郎は井戸端で汗を拭いていた。錬蔵は鉄《てっ》心《しん》夢《む》想《そう》流口《く》伝《でん》『霞《かすみ》十《じゅう》文《もん》字《じ》』を会得《えとく》する剣の達人であり、安次郎は元男芸者の身ではあったが武術好きで、無《む》双《そう》流皆伝《かいでん》の腕前を持っている。

裏の出入り口の腰高障子から顔を出したお紋が、

「朝の菜をつくりに来ましたよ。太夫《たゆう》」

といいかけて慌《あわ》てて口を押さえた。

「安次郎さんを、つい太夫と呼んじまう。いえね、竹屋《たけや》の親分さんも、たまにはのんびりを決め込んでくださいな」

と襷《たすき》をかけながら、ちくっ、と錬蔵を睨《にら》んだ。

「河水楼に来られたんなら、声の一つもかけてくださいな。政吉さんから聞きましたよ。ほんとに水臭いんだから」

「それは、すまぬ」

おもわず小さく頭を下げていた。

ふたりのやりとりに安次郎が揶揄《やゆ》した口調でいった。

「お紋さん、朝っぱらから勘弁してくんな。そんな話は、旦那とふたりっきりのときにしておくれな」

台所にもどりかけた足を止めて、お紋は振り向いた。

「ふたりっきりになれないから、今、いってるんだよ。粋と毒舌で売った竹屋の太夫も焼きが回ったねえ。あたしゃ、忙しいんだよ」

ぷい、と顔を背《そむ》けて台所へ入っていった。

「これだ。深川の羽織芸者は気《き》っ風《ぷ》が売り物だというが、気が強いのが玉に瑕《きず》だぜ。ねえ、旦那」

安次郎が振り向いた。

錬蔵は横を向き、素知らぬ風を決め込んでいる。

台所の板敷に錬蔵は座している。前に湯気の立ち上る茶の入った湯呑みが置いてあ

った。お紋がいれてくれたのだ。湯呑みを手に取り、一口呑んだ錬蔵が、

「うまい」

とつぶやいた。

くるり、とお紋が振り向いた。

「おいしいかい。新茶の香りがするだろう。旦那に呑ませたくってさ」

「そうか。新茶か。滅多に口に入らぬものだ。うまい。実にうまい」

ごくり、喉《のど》を鳴らして飲んだ。

「ほんとかい。茶のいれ方にも、いろいろあってさ。あたしは、どうしたら、いい味がでるか、いつも工夫しながらいれてるんだよ」

錬蔵は呑み干した湯呑みを掲げた。

「もう一杯、茶をくれぬか」

「あいよ。もっと、おいしくいれてやるからね」

お紋が満面に笑みをたたえた。

ぐるりを見渡した錬蔵が、

「安次郎はどこへいったのだ」

急須を手に歩み寄ったお紋が、

「三つ子の魂百までっていうけど、さすがに竹屋の太夫だね。気配りが細かいんですよ」

「気配り？」

訝《いぶか》しげな眼差しを向けた錬蔵に、

「旦那は、そんなこと知らなくていいんですよ。はい」

茶を注いだ湯呑みを錬蔵に手渡した。


表戸の前に湯呑みを手にした安次郎が立っていた。一口呑む。

「うめえ。やっぱり新茶はうめえや。お紋の奴、旦那のために大奮発しやがったな。ご相伴にあずかって、おれも、いい目をみてるってことか」

前原の長屋の表戸があいて、菜を載《の》せた膳を手にお俊が出てきた。

それを見て、

「いけねえ。このところお俊が朝飯の菜をつくって届けにくるのを、すっかり忘れてた。おれとしたことが、気配りが足りなかった。長年の太鼓《たいこ》持ち稼業も、修行の割りにゃ身についてなかったようだぜ」

小さく舌を鳴らして声をかけた。

「お俊さん、今日はいいんだ。その菜は昼に回すことにしようや」

「何いってるのさ。昼は昼で別の菜を支度するよ。冷めたの温めるより新しくつくったほうがいいよ」

「そりゃそうだが、けどよ」

「何いってんだよ。旦那、朝飯の支度できたよ」

お俊が錬蔵に呼びかけた。

「いけね」

安次郎が首を竦《すく》めたのと表戸が開けられたのが同時だった。

お紋が顔を出した。

「朝ご飯の支度は出来てるよ」

「おまえさんは」

「おまえさんこそ、誰だい」

お俊が安次郎を振り返った。

「この人、どこの馬の骨なんだい」

聞き咎《とが》めてお紋が尖《とが》った。

「馬の骨だって。どっちが馬の骨だい」

「よさねえかい、ふたりとも」

安次郎が仲に入った。

ふたりが睨み合ったとき、お紋の後ろから錬蔵が顔をのぞかせた。

「お俊さん、今朝の菜はお紋さんがつくってくれた。ときどき朝餉をつくりに来てくれる人なのだ。知らせるべきであったがすまぬことをした。その菜は安次郎がいうように昼にでも食させてもらう」

お俊は急に悄《しょ》げた顔つきになって、

「そうですか。旦那が仰有るんだから、そうします。きっと昼に食べてくださいよ」

「ああ、食する。手間暇かけてつくってくれた、心づくしのものだからな」

錬蔵は笑みで応えた。

膳を手に肩を落としてお俊が前原の長屋へ入っていった。

「どういう関わりなんだい、あの女と旦那は」

安次郎に歩み寄ったお紋が小声で問いかけた。

「いろいろとわけありの女でな。匿《かくま》ってるのさ、鞘番所で」

「匿ってる？」

「詳しいことはいえねえがな」

「旦那に惚《ほ》れてるんじゃないのかい」

「そこんところは、おれにゃわからねえよ」

「惚れてるんだよ、目つきでわかる」

「女の直感ってやつかい」

「そうだよ。竹屋の太夫も焼きが回ったねえ。女心も見抜けなくなったのかい」

「よくいうぜ。それより。飯は出来たのかい。空きっ腹で死にそうだぜ」

「とっくに出来てるよ」

仏頂面で応えたお紋が前原の長屋へ向かって大声でいった。

「旦那、明日も、いや、これから毎日、朝飯をつくりにくるからね」

表戸の前に立った錬蔵が困惑の体《てい》で安次郎を見やった。今度は、素知らぬ風を装って、安次郎がそっぽを向いている。

四

五つ（午前八時）に錬蔵は用部屋へ入った。同心たちの日々の復申に目を通す。溝口半四郎からの書付に気になることが記してあった。

〈火付盗賊改方与力、進藤与一郎《しんどうよいちろう》を深川の遊里、石場で見かけ候《そうろう》。配下の同心ふたりを引き連れ、立ち話をしていたが、それぞれ三方に散り、その後、進藤を尾行したが不覚にも見失い候。様子からみて、何やら探索しているとおもわれる〉

別の組織とはいえ進藤与一郎は与力である。いわば上席にあたる進藤を呼びつけにするのは、

（いかにも溝口らしい）

とおもった。

松倉、八木、小幡の復申書も一読したが、さしたる騒ぎも起きていないようだった。

小半刻（三十分）ほどでその朝、文机の上に置かれていた書付を読み終えた錬蔵は、再度、溝口半四郎の復申書を手に取った。

読んで、首を捻る。

「旦那」

と戸襖の向こうから声がかかった。

「安次郎か」

「入りますぜ」

安次郎は戸襖を開けた。向かい合って坐る。

「お言いつけ通り門番所の物見窓から外の様子を窺いました。男たちの姿がありませんでした」

「奴らが、いない？」

「小半刻近く、見張ってましたが現れませんでした。奴ら、あきらめたんじゃ」

「そうともおもえぬが」

どうにも解せなかった。昨日、仲間がひとり、前原に斬られている。

〈怖れをなした〉

と考えられぬこともない。が、

〈今までの動きからみて、怖じ気《おけ》づくことは、まずあるまい〉

と錬蔵は推断した。

「今日は表門と裏門を行き来し、男たちがどう動くか見張ってくれ」

「わかりやした」

うなずいた安次郎が立ち上がった。

何の前触れもなく安次郎と入れ違いに笹島隆兵衛がやってきた。年番方与力としての職務上、北町奉行所内に詰め、配下の与力、同心たちの仕事ぶりに目を光らせているはずの笹島の来訪は錬蔵の予期せぬことであった。

接客の間で上座に座した笹島が、向き合って錬蔵が坐るのも待ちきれず告げた。

「夜鴉の重吉《じゅうきち》なる盗賊が相次いで大店二店に押し込んだ。存じておるか」

「本材木町界隈の大店が襲われた、との話は手の者から聞いておりますが、くわしくは存じません。ただ」

「ただ、何じゃ」

「配下の同心から火付盗賊改方の与力が配下の同心二名とともに深川で何やら探索している様子、との復申が上がっております」

「火付盗賊改方が動いている、と申すか。さすがに素早いのう。北町の同心たちとは意気込みが違う。手柄を奪われるのは至極当然のことかもしれぬ」

「それでは夜鴉の重吉の足取りがこの深川にあると」

「それはわからぬ。まだ何一つ摑《つか》めておらぬのだ」

「二店も押し入って何ひとつ手がかりを残していないとは、調べに手落ちがあったのではありませぬか」

「手落ちなど、ない。ありようがないのだ。夜鴉の重吉一味の姿形を見た者すら、いないのだからな」

「それでは夜鴉一味は」

「そうよ。奴らは押し込んだ店の家人、奉公人を皆殺しにし、ありったけの金子《きんす》を盗んで姿をくらますのだ。くまなく調べ上げても金箱や金倉のなかから一枚の小判も出てこない。で、ありったけの金子を盗まれたのだ、とわかる」

「しかし、皆殺しにあっているのであれば押し込んだのが夜鴉の重吉一味と決めつけるわけにはいかぬのではありませぬか」

「〈夜鴉〉と墨痕《ぼっこん》太く記した紙を床の間の柱に五寸釘でとめていくのよ」

「それで夜鴉の仕業《しわざ》と」

「名を騙《かた》っているのかもしれぬ。が、いままでのやり口からみて、そうとはおもえぬのだ」

「夜鴉の重吉という名は、江戸ではあまり馴染《なじ》みがありませぬが」

「東海道を往来して盗みをつづけていたそうな。道中奉行に手を回して調べたのだ。三年ほどの間に豪農、庄屋などの屋敷十数軒に押し入っている。すべて皆殺しじゃ」

「近所の者たちは、騒ぎの音を漏れ聞いたり、逃げ去る複数の者の足音を聞いたりしていないのですか」

「聞き込みをかけさせた。が、不思議なことに通りを走る入り乱れた足音など聞こえなかった、という話ばかりでな」

「押込みを働いた者が忍び足で立ち去っていく。たとえ家人らを皆殺しにし助けを求めて騒ぎ立てる者がひとりもいない、としても、凶行を為した場からは出来うる限り早く遠ざかろうとするはず。早足、あるいは小走りになるは人であれば当然のこと。たとえ、場数を踏んだ盗賊といえども大きな違いはありますまい」

「わしも、そうみる」

そういって笹島は小脇に置いていた風呂敷包みを前に置いた。開くと中味は書付の束《たば》であった。数十枚はある。

「これは？」

「今まで北町の同心たちが夜鴉一味について調べ上げ、知り得た事柄を、わしがまとめた書付だ」

風呂敷ごと書付の束を押しやった。

書付を手に取った錬蔵が、数枚、読みすすめた。顔を上げて、笹島を見つめた。

押し込まれたのは塗物問屋の〈加州屋《かしゆう》〉と水油問屋〈陸奥屋《むつ》〉だった。

「深川大番屋は深川を取り締まるための組織。夜鴉一味の探索は北町奉行所の与力、同心たちが為すべきこととおもいまするが」

「まさしく、その通りじゃ。が」

「が？」

「わしは年番方与力じゃ。わしが命じたとなれば、話は別のこととなる。深川大番屋の者たちが大手を振って江戸御府内《ごふない》のどこへでも探索に出向くことができる」

「それでは、深川大番屋に夜鴉一味の探索をやれ、と」

「そうじゃ。夜鴉一味の調べ書を読んで、わしはある事に気づいたのだ」

「ある事とは？」

「押し込まれた大店は二店とも裏手が紅葉川《もみじ》に面しているのだ」

「紅葉川に、ですと。それでは夜鴉一味は水路を小船で行き来して押込みを働いていると」

「断定はできぬ。わしも北町の者たちの誰にも、この事、話してはおらぬ」

「水路を陸路代わりに使う。あり得ぬことではない」

つぶやいた錬蔵は溝口半四郎の復申書のなかみを思い浮かべた。

火盗改メの誰ぞが笹島隆兵衛と同じ事に気づいた。それで与力、進藤与一郎が配下の同心ふたりを引き連れ、深川を探索するべく出向いてきたのだ。

（火盗改メもまだ、確たる証《あかし》は摑んではおるまい）

とおもった。摑んでいれば三方に散ることはない。狙いをつけたところに踏み込めばいいのだ。

笹島を見つめた錬蔵が、

「深川には逃がし屋なる稼業の者が存在しておりまする」

「逃がし屋？」

「江戸から、どこぞへ逃げだそうとする兇徒どもを、多額の逃がし賃をもらって河川、海などの水路を巧《たく》みに辿《たど》って足跡を残すことなく逃がす裏渡世の者たち、でございます」

視線を宙に泳がせ思案する目つきとなった笹島が呻いた。

「なるほど。この深川なら成り立つであろうな、逃がし屋なる裏稼業が」

無言で錬蔵がうなずいた。

深川の町々は小名木川、竪川、横川、仙台《せんだい》堀、十間《じつけん》川、十五間《じゅうごけん》川、油堀、亥《い》の堀川、平野《ひらの》川、江《え》川、黒江《くろえ》川、大島川などによって細かく分断されている。それぞれの町はさながら堀川に囲まれた小島の観を呈《てい》していた。

当然のことながら移動の手立てとして陸路を行くより、小船で水路を辿るほうが多く用いられた。富裕な遊客たちは船宿で猪牙舟《ちょき》を仕立てて川を渡り、目指す色里そばの河岸に舟を着けた。

しばしの沈黙があった。

独り言のように笹島がいった。

「小船を使うか。足音が聞こえぬはずだ」

「あらかじめ引き込み役を、狙う大店に送り込んでおけば裏口を開けるはわけもないこと。裏手の河岸に小船をつけ、見張りのひとりも船頭にみせかけておけば、たとえ御用の筋の者が通りかかっても疑われることはありますまい。殺しには慣れた奴ら、声も立てさせずに息の根を止めるなど、いとも簡単に仕遂《しと》げましょう」

「深川大番屋に夜鴉の重吉一味の探索を命じたこと、これより奉行所に立ち帰り、ただちに御奉行に申し上げ、事を公《おおやけ》にいたす所存。その折りに、深川では逃がし屋なる裏の稼業の者が罷《まか》り通っております、おそらく夜鴉の重吉一味は逃がし屋を使い、水路を陸路同様に勝手気儘《きまま》に走り回っているのでござろう、この探索、深川大番屋の力なくしては為し得ませぬ、と申し上げておく」

「しかし、まだ逃がし屋が夜鴉一味にかかわりがあるとの証の欠片《かけら》ひとつ摑めておりませぬが」

「北の御奉行は、捕物の手立てをまったくご存じないお方だ。嘘も方便じゃ。気にするな。何かあったら言いくるめるだけのこと。二枚舌では、この笹島、御奉行には負けぬ」

笹島は呵々《かか》と笑った。

用件だけ話して笹島隆兵衛は引きあげていった。深川大番屋にいたのは小半刻足らずだった。

表門まで送って出た錬蔵はぐるりを見渡した。安次郎がいう通りだった。どこにも張り込んでいる男たちの姿はなかった。

物見窓に近寄り、声をかけた。

「安次郎、いるか」

細めに開けた障子の隙間から顔をのぞかせた安次郎が、

「何か見落としでも」

と不安げに問うてきた。

「いや、おまえのいう通りだ。誰もおらぬ。それより、溝口たち同心は見廻りに出たか」

「いつも出かけられるは四つ（午前十時）近く。同心詰所にいらっしゃるはずで」

「おれの用部屋へ来るようつたえてくれ」

「わかりやした」

物見窓から安次郎の顔が消えた。門番所の戸が開けられる音がした。急ぎ足で去る音が聞こえる。安次郎が同心詰所へ向かったのであろう。

再び錬蔵は周りを見渡した。異変は、どこにも見いだせなかった。

踵《きびす》を返した錬蔵は切り戸に手をかけた。

五

用部屋へ現れた松倉孫兵衛、溝口半四郎、八木周助、小幡欣作の顔には、急な呼び出しに対する緊張がみえた。

一同を見渡して錬蔵が告げた。

「今朝、北町の年番方与力、笹島隆兵衛様が見えた。本材木町にある大店二店が夜鴉の重吉一味に押し込まれ、家人、奉公人らは皆殺しにされ、金倉、金箱には一枚の小判も残されていなかったという。盗まれた金高がいかほどか、わからぬ。皆殺しにあったのだ。死人に口なし。金子《きんす》がどれほど蔵されていたか、話すものがおらぬからだ」

「火盗改メが深川に現れたのは夜鴉の重吉一味の動きを察知してのこと。そうではありませぬか」

息張った口調で溝口が問うてきた。

「押し込まれた二店は紅葉川沿いにあった。近所の者は盗人たちが逃げ去る足音を聞いていない。で、笹島様は」

「小船に乗り込み、水路を使って押し込んだ、と推測されたわけですな」

「その通りだ。溝口が見かけた火盗改方与力、進藤与一郎と配下の者ふたりも、笹島様と同様の見解をもって深川の探索に仕掛かったとおもわれる」

「溝口、隠し事はいかぬぞ。昨日は、不快げな顔つきで、ただ黙り込んでいただけではないか」

咎《とが》める口調で八木がいった。

「手柄を独り占めする気など毛頭ない。尾行した進藤与一郎にまかれてしまい、いささか、おのれの未熟さに鬱々《うつうつ》としていたのだ」

面目なさげに溝口が顔を顰《しか》めた。

横から小幡が口をはさんだ。

「いずれにしても、その夜鴉の重吉、という盗人、火盗改メに渡すわけにはいきませぬ。ただちに探索を開始すべきです」

下知《げち》を仰《あお》ぐべく松倉が錬蔵を見やった。

「探索の手立てはこうだ。溝口、八木、小幡の三人は火付盗賊改方の面々を見つけ出し、ぴたりと、さながら小判鮫のように張りついて、どのような動きをしているか、探れ。尾行に気づかれても構わぬ。堂々と姿を見せてついていくのだ」

「行く先々をつけ回ることで火盗改メがどのような狙いで探索をつづけているのか、探ることができるというわけですね」

身を乗りだして小幡が声を高め、溝口が、

「面白い。それなら尾行が苦手なおれでも十分に務められる」

と膝を打った。

「おれは聞き込みに回る。松倉は見廻りの後、皆の復申を聞いて書付にまとめ、おれに日々届けるのだ」

「承知仕《つかまつ》った」

「さ、町へ散ってくれ。おれも出かける」

一同が無言でうなずいた。

溝口ら同心たちが用部屋から出て行った後、錬蔵は笹島隆兵衛がまとめてきた夜鴉の重吉の探索にかかわる書付をじっくりと読んだ。

同心たちには、今頃は笹島が手配りしてくれているはずの、

〈深川大番屋に支配違いの深川以外の江戸御府内の探索を差し許す〉

ということを、あえて告げなかった。たとえ公に認められたとしても奉行所直下で動く与力、同心たちと七ヶ所ある大番屋に配された者たちとの間にある、確執に近いこころの溝を、そう簡単に埋められるとおもわなかったからだ。大番屋へ内役《うちやく》として任じられた与力、同心たちは奉行所内では、

〈一癖あって扱いにくい、あるいは、事の役に立たぬ〉

と評された、いわば、零《こぼ》れ落ちた者たちであった。

大番屋配下の者は奉行所直下の者に僻《ひが》みに似たおもいと憎悪を抱いていた。奉行所直下の者たちは、大番屋配下の者を嘲《あざけ》りをもって扱っていた。同じ江戸町奉行所の与力、同心でありながら、

〈敵対する間柄〉

といっても過言ではない有り様だった。

用部屋を出た錬蔵は門番所へ向かった。門番に、

「前原を呼んできてくれ」

と命じ、安次郎に、

「共に聞き込みに回る。支度してくれ。行く先は本材木町だ。支配違いの土地《ところ》、いかにも八丁堀《はっちょうぼり》とみえる巻羽織を羽織るのは、やめておこう。長屋に置いてきてくれ」

と脱いで手渡した。

浅く腰を屈《かが》めて安次郎が出ていった。ほどなく前原がやってきた。

「表門と裏門の外を案配しながら見張ってくれ。今は姿が見えぬが男たちが現れるかもしれぬ」

「見張るだけでよろしいのですな」

「そうだ。見廻りたいところがあるので日暮れまでもどれぬかもしれぬ。同心たちも出払っている。鞘番所にいる者で剣の心得があるのは、前原、おまえひとりだ。何があるかわからぬ。心して事に当たってくれ」

「承知しました」

顎《あご》を引き、唇を真一文字に結んだ。

江戸《えど》橋から白魚《しらうお》橋までの間の流れを紅葉川といい、本材木町の町家は紅葉川の西北沿いに並んでいた。陸奥屋は海賊《かいぞく》橋近くにある。海賊橋の架かるあたりの紅葉川は、楓《かえで》川とも呼ばれていた。陸奥屋から白魚橋へ向かっていくと松幡《まつはた》橋との別名を持つ松屋《まつや》橋が架かっている。そのそばに加州屋はあった。加州屋も、陸奥屋も、大戸が下ろされていた。

江戸橋は日本橋《にほんばし》川に架かる橋である。日本橋川を外堀の方へすすむと日本橋となる。日本橋のたもとには高札場、向かい合う形で青物市場があった。高札場から京橋《きよう》への一本道が日本橋大通り、中橋廣小路《ひろこうじ》、南伝馬《てんま》町へとつづく道筋で、道の両側に呉服、物産、繰綿、蠟燭《ろうそく》など各種の問屋が建ち並び、江戸の商いの中心地でもあった。紅葉川から通りひとつ挟んだだけのところに殷賑《いんしん》を極《きわ》める日本橋大通りがある。紅葉川沿いには三四《さんし》の番屋もあった。

材木《ざいもく》町三丁目と材木町四丁目にある大番屋、三四の番屋の警戒の網をかいくぐって夜鴉の重吉一味の押込みが決行されたのだ。まさしく〈大胆不敵〉としかいいようのない動きであった。

深編笠を目深にかぶった着流し姿の錬蔵は浪人にみえた。引き連れた安次郎は、いなせな遊び人とも、おもえる。暇を持て余したふたりが、ぶらりと町へ出てきた。傍《はた》目《め》にはそう映ったはずだった。

聞き込みをかけようともせず錬蔵は加州屋と陸奥屋のある通りを何度も行き来した。

「やはり小船を利用したとしかおもえぬ」

松屋橋から紅葉川を眺めながら、肩を並べて欄干《らんかん》のそばに立つ安次郎にいった。

「三四の番屋の裏手の川筋を通らずにすむよう、水路を工夫しているようにおもいやすが」

「気がついたか。三四の番屋は新場《しんば》橋近く、越中《えっちゅう》橋の前には伊勢《いせ》桑名《くわな》藩松平家の上屋敷がある。陸奥屋へは日本橋川から、加州屋には八丁堀から入ってくれば三四の番屋の役人、松平家上屋敷の見廻りの藩士たちの目にとまることはない。八丁堀には与力、同心の町御組屋敷があるが、いずれも奥まったところにあり河岸道沿いではない。深更に八丁堀へ小船を乗り入れても町御組屋敷の者たちは誰も気づかないだろうよ。ましてや、大店の多い町々へ入り込む堀川だ。御店者《おたなもの》の形《なり》をしていれば、どこぞの遊里へ群れて遊びに出た者たちが真夜中に小船を仕立てて、こそこそと帰ってきたとおもわれよう。いずれにしても押し込むために、どこをどう辿《たど》るか水路を工夫した奴は、江戸の堀川に詳しい者、といわねばなるまい」

「やはり、逃がし屋が絡んでいるとしかおもえませんね」

「夜鴉の重吉一味は東海道筋を行き来しながら盗みを重ねてきたという。江戸の町の道筋、川筋を知り尽くしているとは、とてもおもえぬ」

荷を積んだ小船が紅葉川を八丁堀から日本橋川へすすんでいく。日本橋川から入ってきた、荷を山積みした小船とすれ違いそうになった。

「ぶつかりやすぜ」

欄干から安次郎が身を乗りだした。深編笠の縁を持ち上げて錬蔵が、じっと見つめる。

船頭たちは棹《さお》と櫓《ろ》を小刻みに操っている。わずかの隙間を残して二艘の小船が行き交《か》い、みるみるうちに離れていった。

「巧《たく》みなものだ」

感心したように錬蔵がいった。

「やはり小船のほうが荷物を運ぶには都合がいいようですね。人の肩に担《かつ》ぐより沢山の荷が運べる」

小船に目を据《す》えたまま安次郎がつぶやいた。

「どうすれば深更の深川で逃がし屋の操る小船を見いだすことができるか、何かいい手立てはないか」

「旦那、そいつは無理だ」

「無理？」

「深川は吉原同様、眠らない里、さながら不夜城の趣《おもむき》あり、などと評されている岡場所が点在する土地《ところ》ですぜ。空が白むまで小船や猪牙舟が、遊所はしごをするお大尽を乗せて動き回ってますよ」

その通りだった。代表的な深川七場所だけではない。川の上には小船に乗った船饅頭、寺《てら》町近くには尼の姿をした比丘尼《びくに》と、それこそ遊び場には事欠かないのが深川だった。

「たしかに、そうだな。小船で見分けるのは難しいかもしれぬな」

「けどね、旦那」

にやり、と安次郎は薄ら笑った。

「その顔つきだと、見分ける、よき手立てを考えついたか」

「深川で使われるのは猪牙舟が多い。手間暇かかるが何人か乗り込んでる小船を見つけて様子をみる、って考えもありやすぜ」

「いつでも小船を漕《こ》ぎ出せる、というと船宿か」

「つねに小船の二、三艘は船着き場に舫《もや》ってある店を見つけ出す、てのもいいかもしれやせんねえ」

「店、というと小船を持っているのは船宿だけではないのか」

「河水楼のような大きな茶屋なら小船ぐらい持ってますすよ。お大尽が取り巻きを連れ料理人ごと材料を積み込んで、作りたての肴に舌鼓《したつづみ》をうちながら船遊びをやるなんてことは、よくある話で。旦那が、よくご存じの政吉や富造《とみぞう》だって櫓《ろ》を巧みに使いますぜ」

「茶屋も小船を持っているのか。絞り込むのが厄介だな」

「とりあえず、どの店が小船を持っているか、当たってみやしょう」

「その聞き込み、鞘番所の誰がやるより竹屋の安次郎親分が手がけたほうが手っ取り早くすすみそうだ」

「男芸者や芸者衆に聞けば、すぐわかることで。今夜からでも始めやしょう」

「そうしてくれ」

再び錬蔵は紅葉川の川面《かわも》に目を向けた。さざ波がつくりだした細かい襞《ひだ》が、傾いた夕日を浴びて黄金色の濃淡を生み出して揺らいでいる。見る間に移ろいゆく濃淡の動きが立ちのぼる陽炎《かげろう》を思い起こさせた。

向こうの景色はたしかに存在している。実在するその景色を陽炎が揺らして朧《おぼろ》げにみせているのだ。

夜鴉の重吉一味の手がかりは何ひとつ得られていない。が、夜鴉は跳梁跋扈《ちょうりょうばっこ》して、兇悪な爪痕《つめあと》を、はっきりと刻み込んでいる。

（まずは、おもいついたことからやるしかあるまい）

錬蔵は胸中でおのれにそう言い聞かせていた。

三章　模索無明《もさくむみよう》

一

五つ（午後八時）を告げる鐘が聞こえる。わずかにずれて二つの鐘の音が響いてきた。一つは入江《いりえ》町の時鐘であり、小さめの音は大川の川風に乗って聞こえてくる金《きん》龍山浅草寺《りゆうざんせんそうじ》の鐘であろう。

鞘番所の表門の切り戸を開けて入っていった錬蔵を待ち受けていたかのように前原が門番所から出てきた。

「男たちは姿を現しません」

と復申し、ひとりなのに気づいた。

「安次郎は？」

「立ち寄るところがあるというのでな。門前仲町でわかれた」

蕎麦屋でふたりは蒸籠《せいろ》蕎麦を二枚ずつ食した。外へ出たら安次郎が、

「夜に小船を出すことの多い店がどこか、深川七場所を適当に回り、通りで顔見知りの男芸者でもつかまえて聞き出してきますよ。遊里は昼より夜のほうが人がつかまりやすい」

といった。歩き回って足が棒のようになっている。共に動いた安次郎も似たようなものだろう。

「すまぬな。人手が足りぬ。一頑張りしてくれ」

錬蔵はおもわず、ねぎらいのことばを口に出していた。

「いえ。押し込んで家人、奉公人を皆殺しにする夜鴉の重吉のやり口、人とはおもえねえ。一日も早く一件を落着させたいんでさ」

と安次郎は笑みを浮かせた。

おもいは錬蔵も同じだった。無言で、うなずいたものだった。

あらためて前原を見つめて、問うた。

「お俊はどうしている」

「よく子供たちの面倒を見てくれてます。知り合ってわずかな日数しか過ぎてないの

に、子供たちもなついていて、ありがたいことです」

「それはよかった。まずは男たちから、お俊を守ってやらねばならぬ。子供たちの相手をすることで狙われている不安が紛《まぎ》れて、喜んでいるのは、案外、お俊かもしれぬ」

「だといいのですが」

「明日も、一同、外へ出回ることになる。男たちの見張りと鞘番所の警固、抜かりなく頼むぞ」

「心して務《つと》めます」

前原は大きく顎《あご》を引いた。

四つ（午後十時）過ぎに安次郎が長屋に戻ってきた。台所から水を盥《たらい》に注ぐ音が聞こえてきた。汚れた足でも洗っているのだろう。

ほどなく錬蔵の居間の襖の向こうから、

「復申のほどは、どういたしやしょう」

と声をかけてきた。

「聞こう」

入ってきた安次郎が、

「門前仲町から櫓下《やぐらした》、裾継《すそまま》と回ってきやした。三店ほど夜、小船を出しておりやす」

「三店も」

おもった以上の店数だった。

「後は船宿から、その都度《つど》、小船を用立てているようで」

「夜、船遊びする連中は、どのくらいいるのだ」

「初夏から残暑の折には少なくとも一晩に数艘《そう》は出ているんじゃねえか、と政吉がいってました」

「政吉は、聞き込みを手伝ってくれそうなのか」

「藤右衛門親方には内緒、ということで」

「そうか。藤右衛門と会ったときは素知らぬ顔をしなければならぬな」

「それじゃ、あっしは、これで休ませてもらいやす」

「御苦労だった」

にやり、として安次郎がいった。

「旦那、お紋に門前仲町の通りでばったり出くわしやしてね。明日の朝も、うまい朝飯をつくりにいく、とつたえてくれということで」

うむ、と錬蔵が首を捻《ひね》った。困った顔つきとなった。

ややあって、

「お俊さんに、そのこと、早めにつたえねばならぬな」

「お俊の奴、口を尖《とが》らすぐらいのことはやりそうですね。損な役回りだが仕方がねえ。旦那は、女のあしらいが得手《えて》じゃねえ。他の事と違って、うまく仕切れねえ気がします。あっしが手配りしときやす」

「頼む。おまえの言う通りだ。女は、どうにも苦手でな」

妙に神妙な口調でいった。


翌朝、日課の木刀の打ち振りを早めに終えた安次郎は前原の長屋へ向かった。

お俊が井戸端で米をといでいた。足音に気づいて振り返った。

「朝の菜の支度は、止《よ》しにしてくれ、というのかい」

口調に棘《とげ》があった。出鼻をくじかれた安次郎が、

「そういうこった。すまねえな」

仏頂面《ぶっちょうづら》を向けて、お俊がいった。

「あの女、旦那の何なんだい」

「お紋、といってな。門前仲町の売れっ子芸者で、旦那の馴染《なじ》みだ」

「惚《ほ》れて通ってるのかい、旦那が」

「そういうことでも、ないようだがな」

「じゃお紋が惚れてるんだね、旦那に」

呼び捨てにしたことで、お俊のこころが見えた。

「そこんとこも、おれにゃ、はっきりとは」

「いえないかい。さすが男芸者あがりの親分さんだ。はぐらかしがうまいねえ」

とぎ終えたのか鍋を持って立ち上がった。安次郎を睨みつける。

「あたしも旦那に惚れてるんだ。あたしから引くことは絶対ないからね、と、お紋につたえておくれ」

ふん、と大きく鼻を鳴らして、つけくわえた。

「芸者が相手だ。女掏摸《すり》の身でも、引け目を感じるこたあ、ないさね」

裾を蹴散らして前原の長屋へ入っていった。

安次郎は呆《あき》れ返って見送り、

「これから毎朝、このお役目がつづくとおもうと、ちょっと、面倒かもな」

ふう、と大きな溜息をついた。

ほどなく野菜や鯵《あじ》の開き、蜆《しじみ》を入れた風呂敷包みを手にお紋が、当然のような顔をしてやってきた。

台所に立ち、手際よく菜をつくっていく。お紋がいれてくれた茶を飲みながら錬蔵が板敷に坐っている。

気を利《き》かせて、あてがわれた居間でお相伴の茶を一口呑んだ安次郎が、

「旦那は昨日も今日も板敷に坐りっぱなしだ。この勝負、お俊に勝ち目はなさそうだ」

湯呑みを手に、ぼそり、と独り言《ご》ちた。

三人で朝餉を食した後、錬蔵は用部屋へ出向いた。松倉孫兵衛からの復申書が届いていた。

目を通す。溝口と小幡は火盗改メの同心たちの姿を求めて、同心四人で決めた探索の持ち場を歩き回ったが見いだすことができなかったとあった。

松倉の持ち場は石場だった。大島川沿いに歩き回っていたが陽が沈みかけた頃、やっと顔を見知った火盗改メの同心が平助《へいすけ》橋を渡ってくるのと出くわし、つけ回した。

が、ただ歩き回っているだけで何を探索しているのかの見極めがつかなかった、と記してあった。

佃《つくだ》から鷲《あひる》、入船町へかけて二十間川から平野川一帯を見廻っていた八木周助は八つ(午後二時)過ぎに蓬萊橋《ほうらい》近くの堤に坐り、遅い昼飯を取るべく握り飯を頰張っていたところ、土手道を洲崎弁天《すさきべんてん》へ向かって歩いていく火付盗賊改方の同心を見かけた。後をつけたが、吉祥寺《きちじようじ》弁天とも呼ばれる洲崎弁天の茶店の茣蓙《ござ》を敷いた縁台に坐り、日暮れまで、ぼんやりと海を眺めているだけで何の収穫も得られなかった、と復申されていた。

松倉の復申書の末尾には、

〈本日も火盗改メの者どもの姿を求めて歩き回る所存〉

と記されてあった。

読み終えて、錬蔵は、腕を組んで宙を見据えた。

復申書でみるかぎり、火盗改メも確たる目当てがあって深川を見廻っているわけではないようにおもえた。

このまま同心たちに火盗改メの者たちの尾行をつづけさせていいものかどうか、迷っている。

しばし思案したのち、

（他に手立てが見つからぬ以上、このままつづけさせるしか、あるまい）

と腹を括《くく》った。

用部屋を出ようと立ち上がった。近づいてくる足音が聞こえる。

大刀を差しながら戸襖のそばまで足を運んだ。暑気が厳しい。戸襖は開け放してあった。

安次郎が封書を手にして急ぎ足でくる。顔にただならぬものがあった。

「どうした？」

「長屋の掃除を終えて門番所へ顔を出したら北町の笹島さまの使いが、これを届けに来やして」

封書を手渡した。

封を開いて読みすすんだ錬蔵が、うむ、と唸《うな》った。書付をしまい、告げた。

「夜鴉の重吉一味が神田《かんだ》川沿いは左衛門《さえもん》河岸近く平右衛門《へいえもん》町の米問屋三河屋《みかわや》へ押し込んだ。家人、奉公人十余人が皆殺しされたそうな」

「出かける支度をしてきやす」

「門番所の前で待つ」

「わかりやした」

駆けだした安次郎を追う形で錬蔵は歩きだした。

三河屋へ顔を出せば、当然のことながら北町奉行所で、かつて毎日顔を突き合わせた与力、同心たちの誰かと顔を合わせることになる。錬蔵にも経験があるが、町方役人の間には支配違いの者が出張ってくることを極端に嫌う傾向があった。

〈出しゃばられては迷惑〉

という意識と、

〈後れを取るわけにはいかぬ〉

との競う気持が、そうさせるのだった。

(おそらくは敵意を剝《む》き出しにしてくるはず。それでもかまわぬ)

とおもった。

町奉行所与力の役務は、

〈江戸御府内の治安を保ち、町人たちの身の不安を取り除き、守ってやることにある〉

との信条があった。

（夜鴉の重吉一味をとらえ、一日も早く事件を落着させる。それが、おれの為《な》すべき唯一のことだ）

錬蔵は中天を見据えた。灼熱の陽光が、容赦なく照りつけている。滴《したた》る汗を拭おうともせず、一歩、足を踏み出した。

二

門番所に顔を出した錬蔵に物見窓から外の様子を窺《うかが》っていた前原が気づいた。近寄ってきて顔を寄せた。

「男たちは姿を見せておりませぬ」

「裏門は見廻ったか？」

「朝飯を食した後、あらためましたところ、姿はありませんでした」

「急ぎの用で出張る。後のことは打ち合わせた通りだ」

「年番方与力の笹島様の使いが封書を持参しておりましたが何事か起きたのですか」

「夜鴉の重吉一味が何かと暗躍しているそうな」

「松倉殿たち同心詰所の方々が動き回っておられる一件ですな。手が足りぬのではありませぬか」

一日も早く探索に加わりたいとの気持が見え隠れしている。そう判じた錬蔵は、じっと前原を見つめた。

「今は男たちを見張るが大事だ。こころして務めてくれ」

「それは、たしかに」

伏せた前原の目が細められた。その目の奥に鋭利な刃に似た凍えた光があるのを錬蔵は感じ取っていた。

「旦那、出かけやすかい」

表戸を開けて安次郎が声をかけてきた。

振り向いた錬蔵に、

「それでは持ち場にもどります」

と背を向けた前原が物見窓の細く開けた隙間に身を寄せた。

無言で、ちらり、と見やって錬蔵は踵《きびす》を返した。

三河屋は神田川沿いに荷下ろしのための船着場を持っていた。舫《もや》ってある数隻の小船が川の流れにまかせて、ゆったりと揺れている。

水辺に錬蔵と安次郎の姿があった。下流に聳《そび》え立つ浅草《あさくさ》御門がみえる。

「夜鴉め、此度《こたび》は浅草御門の前を堂々と小船で上ったとみえるな」

小船に目をやっていた安次郎が、

「旦那、舫ってある小船は、どこにでもある、見分けのつきにくいものですぜ。これと似た船に夜遊びの奉公人を装った連中が乗っていたら、まず見逃しますさあ」

「警固の者が詰めているといっても夜中のことだ。寝惚け眼をこすりながらの務めであろうよ」

「紅葉川沿いには三四の番屋がありやした。御上の警固の目が間近にあるところに、よくも押し込む、と半《なか》ば、天晴《あっぱ》れ、と褒《ほ》め称《たた》えたい気もしやすぜ」

「夜鴉の重吉一味が押し込んだは、まだ三店。世間の耳目《じもく》に上《のぼ》るほどの動き振りではない。それが、大番屋や御門の近くであと数軒も相次いで盗みつづけたとなれば、いま安次郎がいったように心中で『よくぞ御上の鼻を明かしてくれた』と拍手喝采《かっさい》する輩《やから》も出てこよう」

「兇悪無惨な盗賊を、町人の怒りを代弁してくれる強い味方だと、勘違いしてしまう連中もいるでしょうね」

「一日も早く捕らえねば、夜鴉一味を追い詰めるようなことがあったとき、咄嗟《とっさ》に庇《かば》う町人が現れるかもしれぬ」

「たしかに。ない話とは言い切れやせんね」

「三河屋の店をのぞくか。北町奉行所の同心たちが出張っているであろう。どんな調べをしているか、楽しみでもあるがな」

不敵な笑みを浮かべた。


三河屋の前には捕方たちが固めていた。

「年番方与力笹島様の命により探索の任についた深川大番屋支配、大滝錬蔵である」

したがう安次郎を目線で示し、

「これなるはおれの手先で竹屋の安次郎という岡っ引きだ。入るぞ」

そう告げて、店の中へ足を踏み入れた。生臭さの残る、饐《す》えた血の臭いが漂っていた。同心のひとりが近寄ってきた。顔見知りの有賀駒之助《ありがこまのすけ》であった。四十がらみの、北町奉行所にいた頃は錬蔵に何かと気配りをしてくれた、こころの触れ合った部下だった。

挨拶するふりをして、さりげなくいった。

「与力の工藤幹次郎《くどうみきじろう》様が出張っておられます。笹島様から大滝様のことをいわれて何かとご不満のご様子。気をつけてくださいませ」

名の上がった工藤とは、北町奉行所にいた頃から、うまくいっていなかった。工藤は大店の主人たちから付け届けを受け取り、何かと便宜《べんぎ》を図《はか》っている。錬蔵からみれば、

〈日頃の付きあいによって捌《さば》き方が違ってくる、町奉行所与力にあるまじき不公平極《きわ》まる物差しの持ち主〉

という、唾棄《だき》すべき人物でもあった。

〈よりによって〉

というおもいが強い。それでなくとも大番屋と町奉行所の間には確執がある。工藤のことだ。

〈手柄争いに躍起《やっき》となるに違いない。厄介なことだ〉

と、うんざりもした。

〈手柄争い〉

といえば火付盗賊改方の与力、進藤与一郎も、

〈手柄にはこだわる〉

輩であった。

（功名争いに追われて探索がはかどるとは、とてもおもえぬ）

錬蔵は、夜鴉の重吉一味の探索だけでなく北町奉行所の探索方、火付盗賊改方の動きにも気を配らねばなるまい、とおのれに言い聞かせた。

「おう、久しぶりだな」

気づいたのか工藤が声をかけてきた。ちらり、と視線を走らせて、

「有賀、持ち場にもどれ。勝手な動きは許さぬ」

冷えた口調だった。頭を下げ、有賀が持ち場へ去った。

「御奉行から指示を受けている。北町の手の者だけで十分足りるというに、笹島様も余計な手配りをなさる。もっとも年番方与力の立場上、失敗はしたくないとの気持はわかるがな。おぬしも深川大番屋の務めだけでも手一杯であろう。余計な手間だ。引きあげてもいいぞ。ここは、おれたちで十分だからな」

にやり、として錬蔵がいった。

「そうもいくまい。命じられた以上、おれも納得いく務めをせねばならぬ。悪いが勝手に調べさせてもらうぞ」

「何？　支配違いを守る気はないというのだな。事を荒立てるつもりか」

「事を荒立てる、だと。おれは笹島様から命じられて動いているのだ。支配違いをい

いたてる前に、なぜ、おれが探索に狩り出される仕儀に至ったか、胸に手を当てて、しかと考えてみることだな」

辛辣《しんらつ》な物言いだった。

強張《こわば》った顔つきとなった工藤が、

「おのれ、いわせておけば」

「無駄に時間《とき》を費《つい》やす気はない。安次郎」

錬蔵が振り向いて、告げた。

「調べに入る。わずかな手かがりも見逃すでないぞ」

「へい。承知しておりやす」

目を光らせた。

三河屋の中には手がかりはなかった。ただ皆殺しされた三河屋の老主人夫婦、近々祝言をあげる予定だった若旦那と住み込みの奉公人八人の、あわせて十一人の死骸に夜鴉の重吉一味の残虐さが残されていた。いずれも脇差で数太刀《たち》浴びせられ抵抗力を失ったところで心《しん》の臓《ぞう》を一突きされて絶命した、とおもわれた。

店内を探索し尽くすのに、ゆうに三刻（六時間）余は費やしていた。

北町奉行所の手の者は工藤から、

「手助けは無用」

と厳しくいわれているのか、自ら錬蔵に声をかけてくる者はいなかった。問われたら、それだけに応えを返してくる。できれば、口をききたくない、との態度があからさまにみえた。

「旦那、北町の方々、何をぶんむくれていらっしゃるんですかね。支配違いへの咎《とが》め立てと手柄争いにばかり気を取られて、夜鴉の重吉一味の探索に身が入ってねえような気がして、腹が立ちゃしたぜ」

三河屋の表へ足を踏み出して数歩行ったあたりで安次郎が唾を吐き捨てた。歩きながら、錬蔵が応じた。

「気にするな。これからも、よくあることだ。深川大番屋で夜鴉の重吉一味を捕らえでもしたら、やっかみ半分、どんな悪態《あくたい》をつかれるかわからぬぞ」

「そんなものですかい」

「そうだ。まず第一に、手柄を立てれば奉行所内で立場がよくなる。筆頭与力などへの出世もあるかもしれない。出世すれば大名家や大店《おおだな》からの付け届けの金高も増える。第二に報償金をもらえる。これが馬鹿にならない金子《きんす》のときもある」

「与力、同心、探索にかかわる人たちも、結局は商人《あきんど》と同じで、金儲けしようとすれば、いくらでもやりようがある。そういうことですかい」

「商人、か。面白いことをいう。安次郎式にいうなら町奉行所にかかわる与力、同心、岡っ引きはすべて捕物の商人ということになるな」

ふたりは愉しげに笑った。

「捕物の商人、ですかい。何か、ぞっとしやすね。悪党を捕まえて銭を得る。悪人とはいえ、まるで人の生き血をすすっているような、厭《いや》な商売だ」

「そうだ。厭な商売だ。人の悪事の跡《あと》を嗅《か》ぎつづけることが務めだからな。人の厭な面ばかり見ることになる。が、悪事を為す者が後を絶たない限り、厭な捕物屋稼業を生真面目《きまじめ》に務める者が必要になってくる。気障《きざ》な言い方をすれば、この世の平和を守るため、にな」

「が、この捕物屋、真面目に務めれば務めるほど貧乏になる、旦那みたいにね」

「そうか。おれは貧乏か」

「あの工藤とかいう野郎の身に着けているものを見て、これが同じ与力かとおもいやしたぜ。巻羽織ひとつにしても、工藤のは高価な絹で仕立ててある。旦那のは、どう見ても、それほど値の張るものとはおもえねえ。駆け出しの貧乏同心が羽織っているのと同じものだ。一緒に暮らして、つくづく、おもいやしたぜ。これが二百俵取りの暮らしか、とね。旦那は探索に身銭を切りなさる。大店からの袖の下も受け取らねえ。貧乏するのが当たり前だ」

「それでいいではないか。千畳万畳只一畳。千石も万石も飯一杯、という。いつ果てるか明日の命もままならぬ務めについている身だ。あの世まで銭は持ってゆけぬよ」

「これだ。お紋がいってましたぜ。男には表を飾らなきゃならない時もある。今度、旦那の小袖を仕立ててやろうって、ね。役目柄もらえぬ、なんて断る気はねえでしょうね」

「躰《からだ》を張って稼いでいるお紋の金、もっと大事な使い道があるだろうに、といっておいてくれ」

呆れ返って足を止めた安次郎が、

「旦那、ほんとに、何だねえ」

歩みを止め、振り返った。

「何が、何だねえ、なのだ」

しげしげと顔を見つめて、

「旦那は、裏はともかく表の顔は、粋《いき》と気《き》っ風《ぷ》のよさがすべてに勝《まさ》る深川の町を仕切る鞘番所の御支配ですぜ。お紋が小袖をつくってやりたい、と気っ風を見せているんだ。鷹揚《おうよう》に受け止めて『ありがとうよ。すまねえな』と理屈抜き、優しいことばのひとつもかけて、気持よくもらってやるのが粋ってもんです。そういうもんなんですよ」

「そうか。そういうものか」

うむ、とうなずいて、錬蔵はつづけた。

「深川を知り尽くした安次郎のいうことだ。いわれる通りにしよう。ありがたく、もらうことにする」

「いじらしいじゃありませんか。こっそり旦那の身丈《みたけ》を知りたい、とお紋がいうんで、実は、旦那の着替えの小袖を今朝方、貸してやったんで。何の断りもなく申しわけねえ」

と頭を掻《か》いた。

「気づかいさせてすまぬ。冗談抜きで、もう少し深川の粋と気っ風とやらを学びたい。気づいたら何かと教えてくれ。深川で聞き込みするには是非《ぜひ》とも必要なことだとおもえるのでな」

「お安い御用で。見せかけの粋と気っ風のことなら、竹屋の太夫と呼ばれていた頃、百戦錬磨《ひやくせんれんま》で見聞きしてきた身でさあ」

にやり、とした。

「さて、その深川へ、船宿探しの聞き込みへ回るか」

「馴染みの土地《ところ》だ。厭な気分を味わった後の、いい口直しになりやす」

安次郎は浅く腰を屈《かが》めた。

三

「男芸者や芸者衆、昔の顔馴染み相手の聞き込み。ひとりのほうが何かとやりやすいんで。旦那は引きあげておくんなさい」

暮六つ（午後六時）にはだいぶ間があった。そういい出した安次郎を錬蔵は無言で見やった。思案をめぐらす。

たしかにその通りだった。巻羽織の、いかにも町奉行所の与力、同心といった出で立ちの錬蔵と一緒では聞き出せる話も話してくれないだろう。さんざん歩き回ったことで、深川に住まう者たちの、

〈御上嫌い〉

を厭というほど思い知らされていた。

「後は頼む」

といいおいて安次郎と別れたのだった。

深川大番屋へもどった錬蔵は門番所の物見窓へ歩み寄った。気づいた前原が細めに開けた障子窓から顔をのぞかせ、告げた。

「男たちは現れません」

「そうか」

そのまま通りすぎ表門の切り戸に手をかけた。

足を踏み入れた錬蔵に門番所から出てきた前原が声をかけてきた。

「御支配。姿を見せなくなって二日、男たちはお俊を狙うのをあきらめたのではないでしょうか」

錬蔵は足を止めて振り向き、

「仲間をひとり殺されたのだぞ。そう簡単に引き下がるとはおもえぬ」

「それでは、まだ、つづけるのですか、男たちの見張りを」

「そうだ」

物言いたげに目を向けた前原が力なく視線を落とした。俯《うつむ》いたまま応える。

「わかりました」

「気を抜くでないぞ」

なぜ、厳しい物言いをしたのか、おのれにもわからなかった。ただ前原のこころに何やら鬱屈《うっくつ》が生じている、ということには気づかされていた。

(心配事があるのなら何でも相談すればいいのだ)

こころが触れ合っている、と思い込んでいた。なのに、隠し事をされている。妙に寂しい、空《むな》しいものが錬蔵のなかに湧いていた。

(それが、おれを苛立《いらだ》たせたのだ)

歩きだした錬蔵の背後で前原が門番所へ入ったのか表戸を開け、強く閉じる音がした。その音が錬蔵には、前原のこころの戸が固く閉ざされたことを告げているように感じられた。

用部屋へ向かった錬蔵は、足を止めた。子供のはしゃぐ声が聞こえたからだ。鞘番所には、およそ似つかわしくないものであった。途惑《とまど》いがあった。が、それが長屋に居着いた俊作と佐知のものだと気づいたとき、錬蔵は、無意識のうちに笑みを浮かべていた。

いつしか声のするほうへ足が向いていた。

見ると、井戸の側に盥を置き、襷《たすき》がけで腕まくりしたお俊が俊作に行水をさせていた。しゃがんだ佐知が、いたずらをして俊作の顔に手で水をかけている。

「わたしまでびしょびしょになっちゃうよ。止めな」

佐知を一睨みして、お俊が俊作の躰を手拭いで洗ってやっている。盥の脇に泥で汚れた俊作の着物が置いてあった。

西の空に落ちかけたとはいえ夏の陽差しは、まだ、うだる暑さを残している。

（こうしてみると、まるで母子《おやこ》のような）

はじめて見かけたときからすると佐知も俊作も、別の子のように明るくなっている。

（いつもそばにいてくれる人が欲しい年頃なのだ）

三河屋の探索で尖ったままでいたこころが安らいでいた。

なぜか、お俊と子供たちに自分が見ていることを気づかせてはならない気がした。

（無心で楽しんでいるのだ。このまま過ごさせてやりたい）

錬蔵は足音を忍ばせて数歩後退《あとじさ》りし、背中を向けた。

用部屋へもどった錬蔵は木箱に入れておいた、お俊が掏《す》り取った優男《やさおとこ》風の巾着を手にした。なかから三枚の絵図を取り出す。

机の上に並べてみた。

じっと見つめる。

三枚とも紙の中央に太い縦の線が引いてあった。並べて凝視することで、最初見たときに抱いた奇異な印象が、なぜ生じたか、わかってきた。

三枚とも左側に引かれた線は上下全体に見られるのに、右側の線は下半分にまとまって引かれている。

図柄の、あまりにも釣り合いの悪い様子が錬蔵に奇異な感じを抱かせたのだ。

太い線に接する形で右手に細い六本の横線、左手の細い横線は数えてみると二十四本あった。横線は左右とも途中で途切れていたり四角に変化したりで、中くらいの太さに描かれている線もある。

（太い線、細い線、細い線の二倍の太さに引かれた中くらいの太さの線。三種類の太さは何を意味するのか）

うむ、と首を捻った。

腕組みをする。

絵図を見比べ、思案を重ねたが、その意味が読み取れなかった。半刻（一時間）ほども絵図を睨みつづけている。見つめれば見つめるほど、

（何かの判じ物に違いない）

との確信が深まってくる。

が、どう考えても、

（どんな意味を持つものなのか）

混迷が増してくるだけだった。

「御支配、夕餉の支度が出来ておりますが」

戸襖の陰から門番の声がかかった。錬蔵が大番屋にいて安次郎が留守のときは、門番の誰かが食事の支度をすると決めてあった。

「運んでくれ」

応えて、机の上の絵図を折り畳み、巾着に入れた。

用部屋で前原から、

「本日も、男たちは姿を見せませんでした。長屋へ引きあげます」

との復申を受けた錬蔵は再び絵図を取り出し、文机に開いて並べた。

凝然と見入る。

見ているうちに、ある事に気づいた。

太い線から延びた左右の横線のほとんどが途切れている。三枚とも途切れた線の位置が違っていた。途切れずに延びた線にかぎって、途中まで中くらいの太さの線が引いてある。

（線の太さにも意味があるのだ）

そこまでは読み取れた。

が、後は何もわからない。

思案投げ首で絵図を睨みつづけた。そのまま無為に時が過ぎていった。

四つ（午後十時）を告げて鳴り響いた入江町の時鐘が、錬蔵を思索から覚めさせた。絵図を折って巾着に入れ、木箱にしまった。

長屋にもどると、まもなく安次郎が帰ってきた。

開け放していた襖の向こうから声をかけてきた。

「旦那、自前の小船を持っている茶屋は少なくとも十数店はありますぜ。船宿と合わせると数十軒以上になる。それと、厄介なことに、いまは夏だ。涼を求めて夜、船遊びする連中が多い時節で」

「そうか」

深川から出て、帰ってくる小船に絞って探索をすすめていけば、手がかりのひとつも拾えるかもしれない、と考えていたが、かえって手間暇《てまひま》がかかることになりかねない。

が、すぐには他の手立ては、おもいつかなかった。

「偶然、馬場通りで富造と出くわしましてね。河水楼の持ち船で船頭をつとめることもある富造のことだ。深川の川筋には詳しかろう、とおもって『深川へ出入りする船を見張るには、どうすればいいだろう』と聞きやしたら」

意外な安次郎のことばだった。錬蔵は身を乗りだし、問うた。

「何といったのだ？」

「そりゃ簡単なことだ。深川から大川へ、海へ通じる河口を見張ればいい」

「それは、たしかに……」

その通りだ、とおもった。人の出入りを見張ろうとすると、表戸と裏口に張り込めばいい。探索のいろは、といってよかった。

「もちは餅屋、という。端《はな》から川をよく知る者に聞けば余計な手間をかけずにすんだかもしれぬな」

にやり、として安次郎がいった。

「旦那がいつも仰有《おつしや》ってるじゃねえですか。探索に無駄は付きものだって。小船を持っている茶屋を調べ上げていたからこそ、突き当たった話で」

しげしげと安次郎を見つめた。

「御苦労だった。お陰で探索の手立てが増えた。向後どうするか一晩考えてみる。井戸端で汗を拭って休んでくれ」

「そうさせてもらいやす。明日も朝早く菜の材を風呂敷に包んで、お紋がやってくるはず。日々の木刀の打ち振りも休むわけにはいきやせん」

「おれも、すぐ寝る」

錬蔵は微笑みを向けた。


床に入っても錬蔵はなかなか寝つけなかった。目を閉じると三枚の絵図が瞼《まぶた》に浮かんでくる。それらは決して消えることはなかった。思案の淵《ふち》に沈み込んでいく。閃《ひらめ》いたとおもっては、それが何の意味も持たないことだと思い知らされる。堂々巡りにすぎなかった。が、そうとわかっていても思索を重ねてしまう。

突然、あちこちに血が飛び散り、血塗れの骸《むくろ》が転がる地獄絵そのものの三河屋の光景が脳裏《のうり》に浮かび上がった。

（夜鴉の重吉一味、一日も早く捕まえねばならぬ。これ以上、押込みをつづけさせるわけにはいかぬ）

心中で呻《うめ》いた。

が、夜鴉一味の動きを止める術《すべ》を、いまの錬蔵は持ち得なかった。

（切歯扼腕《せっしやくわん》するだけしか、ないのか）

悔しかった。いつしか奥歯を嚙《か》み鳴らしていた。

四

翌朝、安次郎がいった通り風呂敷包みを両手に提《さ》げたお紋が顔を出した。

大刀の打ち振りを終え、着替えをした錬蔵は、いつもの通り台所の土間からつづく板敷で胡座《あぐら》をかいた。安次郎はあてがわれた座敷に引っ込んでいる。お紋の想いを察して、

（ふたりきりにしてやろう）

と、気を利かせているのだ。

「安次郎から聞いた。巻羽織を仕立ててくれるそうだな。ありがたく頂戴《ちょうだい》する。仕上がりを楽しみにしている」

湯呑みを手にした錬蔵が、そういったとき、お紋が、料理の手を休めて、くるり、と振り向いた。満面を笑み崩して、

「楽しみにしてもらえるなんて、嬉しいねえ。誂《あつら》えがいがあるってもんですよ」

そういい、背中を向けた。再び、菜をつくりはじめる。

湯呑みを口に運んだ錬蔵は、ごくり、と喉《のど》を鳴らして茶を飲んだ。

三人で朝餉を食しお紋が引きあげていった後、錬蔵は用部屋へ入った。安次郎に、

「松倉たち同心四人に用部屋へ来るようつたえてくれ」

と命じてある。

松倉からの復申書を手に取ったとき、廊下を慌《あわ》ただしく走って来る足音が聞こえた。開けっ放しの戸襖の向こう、廊下から声がかかった。

「御支配、前原です」

「男たちが現れたのだな」

廊下に座したまま、応えた。

「如何様《いかさま》。表門と裏門、いずれにも男たちが見うけられます。この執念深さ、尋常ではありませぬ」

「持ち場へ戻れ。動きがあるやもしれぬ」

「取り急ぎ、お知らせせねば、と馳《は》せ参じました。もどります」

浅く頭を下げ、立ち上がった。

走り去っていく足音が響いた。

松倉の復申書を読み始めたとき、入り乱れた足音が近づいて来た。戸襖の陰から声をかけてきた。

「松倉です」

「入れ」

松倉孫兵衛ら四人の同心が用部屋へ入ってきて、錬蔵の右脇に縦一列に並んで坐った。向かい合って座すべきところを縦に居並ぶ。ふつうではなかった。

「何事だ？」

問いかけた錬蔵に溝口半四郎が応えた。

「突然、火付盗賊改方の与力、進藤与一郎が鞘番所に訪ねてみえました。安次郎が時間稼ぎの応対をしておりますが、長くは保《も》ちますまい。まもなく用部屋へ来られるはず」

「用部屋へ。接客の間ではないのか」

「いえ。それが大変な剣幕でして、接客の間などで顔を合わす必要はない、殴り込みに来たのだ、いま大滝殿がおられるところへ行く、用部屋でも、わしは一向にかまわぬ、と吠《ほ》えまくっておられます」

「殴り込みに来た、と吠えまくっておられるか」

不敵な笑みを浮かべ、つづけた。

「その様子では、溝口、ついて回った相手に咎められ、諍《いさか》いでも起こしたな」

「先だっては簀巻《すま》きだけで許してやった。此度は勘弁ならぬぞ、と息巻いて胸ぐらを取ったので我慢の糸が切れ申した。この間は数人相手、多勢に無勢で不覚を取りましたが、一対一の勝負なら負けませぬ。胸ぐらを摑んだ手を捻り上げ、十五間川に投げ込んでやりました」

「十五間川というと裾継あたりか」

「永代堀と交わるところでございます。人通りも多く、鞘番所の同心として顔も知られております。恥をかくわけにはいきませぬ」

袖をまくって腕をさすった。

「相手から仕掛けてきたのだ。売られた喧嘩、引き下がるわけにはいくまい」

「は？」

驚きが溝口の顔に浮いた。呆気《あっけ》に取られている。おそらく錬蔵から叱責のひとつも受けるであろうと予測していたはずなのだ。

「此度は勝った。次は勝てるとは、かぎらぬぞ。何かと自重することだ。何せ、ここにいる一同は、鞘番所の面目《めんぼく》を背負っているのだからな」

諭《さと》すような錬蔵の物言いだった。松倉たちが顔を見合わせ、無言でうなずき合った。

「待っておくんなさい。お取り次ぎしやす。声をかけてまいります」

「そこをどけ、と申しておる。火付盗賊改方与力、進藤与一郎が罷《まか》り通るのだ。行く手を阻《はば》むことは許さぬ。どけ」

廊下を踏みならし、近寄ってくる乱れた足音に安次郎のわめき声と進藤の怒鳴り声が交錯して聞こえてきた。

「進藤殿のご入来だ。厄介事は手短にすますが世渡りの知恵。無用の口答えは許さぬぞ」

一同が強く顎を引いた。

立ち上がった錬蔵が刀架《とうか》に架けた大刀を手に取り腰に差しながら廊下へ出た。

「よく似た声とおもうたが、やはり進藤殿、どうなされた」

声をかけられ進藤が動きを止めた。安次郎に目を向け、

「粗相《そそう》があってはならぬ。公儀直参の旗本の名家が代々長官を務められる火付盗賊改方の与力様だぞ。おれが直々《じきじき》、接客の間に案内する。茶など用意して持参せよ。さっ、進藤殿、こちらでござる。まいられよ」

手も取らんばかりに先に立って歩きだした。

「それは、しかし」

憤懣《ふんまん》やる方ない形相《ぎょうそう》を崩してはいないが、あきらかに拍子抜けしていた。さっさと歩いていく錬蔵に渋々、進藤がつづいた。


「茶をお持ちしました」

廊下に膝をつき声をかけた安次郎は、接客の間の開け放された戸襖の陰から座敷の様子を窺った。

見ると進藤を上座に据えた錬蔵が両手を突き、深々と頭を下げている。

腕を組んだ進藤は凝然と見据えていた。

「茶を」

座敷に入ろうと膝行《しっこう》した安次郎を睨みつけて進藤が、

「要《い》らぬ」

と裾を蹴立てて立ち上がった。

「『ただただ申し訳ない。平にご容赦』と頭を下げたきり一言もことばを発しないとは、まさに慇懃《いんぎん》無礼《ぶれい》の極み。これ以上、座を共にする気はない」

刀の鞘を錬蔵の首に当てた。

「平にご容赦」

さらに深々と頭を下げた錬蔵を睨みつけ、

「よろしいか。配下の者共への目配り、厳しくなされることだ。向後は、此度のように穏便な扱いではすまさぬ」

「胆《きも》に銘じておきまする」

畳に額を擦《こす》りつけんばかりに頭を下げた。

「帰る。見送り無用」

足音高く歩き去っていった。

顔を上げた錬蔵が、にやり、として安次郎を見やった。

「手柄大事、面子《めんつ》第一の御仁《ごじん》だ。まともにやりあっても事が大きくなるだけ。この手にかぎる」

安次郎が、ぽん、と拳《こぶし》で掌《て》を打った。

「立派なもんだ。『客には負けるが勝ち』の信条を叩き込まれるところから男芸者の修行は始まりやす。惜しいねえ。旦那は、銭の稼げる、いい男芸者になりやすぜ」

「そうか。いい男芸者になれるか」

呵々《かか》と笑った。


用部屋へもどった錬蔵は松倉たちと向かい合って坐った。

「今日から別の動きをする」

そのことばに八木と溝口が言い立てた。

「それは、なぜでござる」

「火盗改メとの諍いを避けるための動きでござるか。鞘番所の面子が立ちませぬ」

一同を見渡して錬蔵が告げた。

「松倉からの復申書を読んだ。おれがみるところ、火付盗賊改方の動きぶりは手がかりを摑んで深川を見廻っているとは、とてもおもえぬもの。これ以上、ついて回っても仕方あるまい」

溝口らと顔を見合わせた松倉が、

「何か、よき手立てを思いつかれたのでございますか」

「残念ながら、よき手立てなど、ない」

「それは、しかし……」

口を尖らせた溝口を目で制して錬蔵が、

「一昨夜、平右衛門町の米問屋、三河屋へ夜鴉の重吉一味が押し込んだ。先に襲われた陸奥屋、加州屋ともども裏手が川に面した大店でな。小船を使って押し入ったとおもわれるのだ」

松倉が問うた。

「足音を聞いた者がいないのですな」

「そうだ。しかも陸奥屋、加州屋の近くには三四の番屋が、三河屋の近くには浅草御門がある。深更《しんこう》のこと、耳をすませば道を走る多数の入り乱れた足音なら、十分聞き取れるほど間近なあたりに、あるのだ」

聞き入る一同を見渡し、つづけた。

「小船を使っているとみて探索をすすめる。深川に盗人宿があるかもしれぬ。あるとすれば船宿かもしれぬ。持ち船を押込みのために使う。盗人が船を操る。秘密が漏れる恐れはない」

「どう動けばいいのですか」

身を乗りだして小幡が問いかけた。

「深川に夜鴉の重吉一味の隠れ家があるとすれば、今まで押し込んだ大店へ向かうには一度、大川へ出ることになる。深川を流れる堀川から大川へ出る河口に五つ（午後八時）から翌朝七つ（午前四時）まで張り込めば怪しげな小船を見いだすことができるかもしれぬ。気の長い話だがな」

目を光らせた溝口が、

「持ち場を決め、配下の岡っ引きや手下の者たちを総動員して川岸の両側に張り込む。そういうことですな」

「そうだ。当分は夜に動いて、昼間は寝ることになるだろう。持ち場を決めたら声をかける。それまで同心詰所で待っていてくれ」

一同が大きく顎を引いた。

用部屋に安次郎を呼んだ錬蔵は深川の切絵図を広げた。大川と交わる深川の堀川の河口を調べ上げる。

五ヵ所あった。

御舟蔵《おふなぐら》近く一ツ目《ひとめ》橋の架かる竪川。

鞘番所近く万年《まんねん》橋の架かる小名木川。

上《かみ》ノ橋の架かる仙台堀。

中《なか》ノ橋の架かる油堀。

河口に入ってすぐ左手に巽橋《たつみ》、直進すれば大島橋となる大島川。

厄介なのは大島川の河口だった。大川に向かって河口の左手に江戸湾に面して松平下総守《しもうさのかみ》下屋敷が広がっている。大島川は巽橋の架かる枝川、閻魔《えんま》橋の架かる黒江川と細かく交差していた。

「小名木川は溝口、竪川は八木、仙台堀は松倉」

持ち場を決めていく錬蔵に安次郎が口をはさんだ。

「前原さんとあっしで油堀を張り込みやす。油堀は十五間川と名を変えて櫓下、表櫓、裾継、網打場、三十三間堂などの岡場所を流れ、永代寺裏から永居《ながい》橋、木置場にかけては船饅頭が小船で行き来して客を待つ川筋となり、さながら深川の遊里をつなげているような堀川でございます。御上の臭いの少ない、あっしらの方が何かとやりやすいんじゃないかと」

「それがいいだろう。大島川の河口は動きのいい小幡の持ち場とする。おれは出来うる限り鞘番所にいるつもりだ。異変の知らせを受けたときには、それなりの下知《げち》を与えねばならぬ。数日も張り込めば、どこが疑わしい小船の出入りが多い処《ところ》か判じることができるはずだ」

「お俊を狙っている男たちの見張りが手薄になりやすが」

「昼間は皆が居残っている。万が一、襲ってきても戦うことはできる。同心たちも眠っている者ばかりではないだろう。見張るだけなら門番で十分だ」

「夜は旦那がいる。まずは心配ねえですね」

「ひとりで多勢を相手にするとなると、冷や汗をかくことになるかもしれぬがな」

不敵な笑みを浮かせた。

「旦那の腕なら、その心配はありませんや。松倉さんたちを呼んできやしょう」

腰を浮かせた。

「おれが同心詰所へ向かう。おまえは前原に声をかけ、共に同心詰所へ来い」

「わかりやした」

深川の切絵図を手にして、錬蔵は悠然と立ち上がった。

五

同心詰所で松倉ら同心たちと安次郎、前原にそれぞれの持ち場を告げた錬蔵は、

「今夜から張り込む。それぞれ手先の者たちを集め、段取りを決めるがよい。それぞれが工夫して、やりやすいよう運んでくれ」

といい、一同を見渡して、

「復申書は翌日八つ（午後二時）までに、おれの用部屋の文机《ふづくえ》に置いておくように」

と付け加えた。

同心詰所を出たところで前原が問いかけてきた。

「男たちの見張りを門番たちにまかせるとのことですが、我らが出払っている時は誰がお俊を守るのですか」

「心配か」

「子供たちもおりますので」

「門番だけでは守りきれぬとおもうのか。それに、いままで男たちは夜になると見張りの数を減らしていた」

「我らがいないと知ったら数を増やし襲ってくるかもしれませぬ」

「まず、それはあるまい」

「ない、とは言い切れますまい」

鍊蔵は凝然と前原を見据えた。

「ここは深川大番屋だ。奴らが襲ってくるには、それなりの覚悟がいるだろう。が、何があるかわからぬ。おれは、出来うる限り鞘番所にいるつもりだ。さっきも話したとおり異変があれば手先が知らせに来る段取りになっている。下知を飛ばすおれが、どこにいるか、わからぬでは話にならぬからな」

視線をそらした前原が、俯いたまま応えた。

「委細承知。どうも、気が急《せ》いているのか先走るばかりで……」

何やら迷っている、と鍊蔵は判じた。百万言を弄《ろう》しても迷う者の耳には届かぬことを、鍊蔵は長年の探索暮らしのなかで体得していた。

(変事を為すは、すべて、こころの迷路に足を踏み入れた者たちなのだ)

との、おもいが強い。

(迷いから抜け出る。迷う者のこころが変わらぬ限り出来得ぬことだ)

との信念もあった。

無駄でもいい。前原には一言《ひとこと》かけてやりたかった。

「決して無理はするな。いいな」

「大滝様……」

じっと見つめた。

錬蔵も見返す。

しばしの間があった。

「心遣《づか》い、痛み入ります」

唐突に頭を下げて前原が踵を返した。

その後ろ姿を錬蔵が凝然と見据えている。


用部屋へもどって町名主《まちなぬし》から上がってきた書付などに目を通していた錬蔵に開け放した戸襖の陰から声がかかった。

「安次郎でございます」

振り向くと顔をのぞかせていた。

「出かけるのか」

「聞き込みに回ろうとおもいやして。前原さんとは五つ（午後八時）に中ノ橋で待ち合わせる段取りになっておりやす」

「出かけたのか、前原は」

「ご存じなかったので」

意外そうな顔をして、つづけた。

「あっしが船宿を片っ端から当たるつもりだ、といいやしたら『心当たりがないわけでもない。おれなりに当たってみる』と仰有《おつしや》って。用心棒暮らしをなさってて深川の裏世界の土地鑑《かん》もある。手がかりになる、おもしろい話を拾ってこられるかもしれやせんぜ」

言葉とは裏腹。安次郎の目が、

（どうしやしょう）

と問いかけていた。

「前原の動き、逐一、復申してくれ。探索と関わりのないことも、細かくな」

「そうしやしょう。佐知ちゃんや俊作ちゃんを悲しませるわけにはいかねえ」

「何かと気配りしてやってくれ」

無言で安次郎が顎を引いた。

表門の切り戸をくぐって出た前原は、万年橋のそば、河岸沿いにある柳の根元に坐り込んでいる傷のある男と遊び人風のふたりを鋭く睨みつけた。

さりげなく視線をそらしたふたりに視線をそそいだまま前原は、紀州藩下屋敷と鞘番所の間にある露地へ入っていった。露地に面して鞘番所の裏門があった。

ぐるりを見廻るように前原が裏門へ向かって歩いていく。人相の悪い遊び人風の男ふたりが紀州藩下屋敷の塀によりかかって立っていた。

前原が近寄っていく。男たちがわざとらしく顔を背《そむ》けた。

刹那《せつな》……。

小刀を抜きながら前原は手前の男に飛びかかっていた。脇腹に突き立てた小刀を心の臓へ向かって引き上げ、抜いた。低く呻いて男は崩れるように塀に背をもたせかけて、ずり落ちた。

異変に気づいて残る男が逃げようとした背に、小刀の切っ先がわずかに突き立てられていた。

呻いて顔をしかめた男に前原が告げた。

「聞きたいことがある。死にたくなかったら、おれにしばらく付きあうのだな」

「頼む。死にたくねえ。切っ先を引いてくれ」

「いい心がけだ」

小刀を引いた。そのまま躰を寄せ、刀身をぴたりと男の背に当てた。

「妙な気を起こしたら容赦なく殺す。女掏摸の長屋での剣戟《けんげき》、さっきの仲間への仕打ちで、おれのやり口は、よくわかっているはずだ。躊躇《ちゆうちよ》はせぬ」

「話す。何でも話す。命だけは取らねえでくれ。勘弁してくれ」

「行け」

鎬《しのぎ》で背を押した。

「行く。どこへでも行く」

男が歩きだした。袖で小刀を隠すようにした前原が、ぴたりと躰をつけたまま歩をすすめた。

後には心の臓を一突きにされた男の死骸が残されていた。その骸《むくろ》は、遠目には塀にもたれて居眠りでもしているかのように見えた。

残る男を捕らえた前原は鞘番所の裏手の露地を、やってきた方へもどり大川沿いの通りに出た。

新大橋へ向かってすすむ。河岸沿いには水茶屋が建ち並んでいた。道行く男たちを呼び込む女たちの声があちこちで上がり、重なり合って聞こえる。

「声を出せば殺す」

男の耳元に口を寄せ、前原が小声でいった。

「出さねえよう」

「喋《しゃべ》るな。新大橋のたもとから堤を橋の下へ下りる。いいな」

男が無言で何度もうなずいた。

小名木川沿いの柳の木の下にいた鞘番所の表門を見張る遊び人風の男が声を上げた。

「勘助兄哥《あにい》、権吉《ごんきち》がお俊の長屋で仲間を斬り殺した野郎に捕まりましたぜ」

「何だと」

見やった先に新大橋の手前の土手を下りていく権吉たちの姿があった。

「裏門を見てこい。亀次《かめじ》が気がかりだ。万が一」

「まさか亀次が」

「殺《や》られているかもしれねえ。骸をそのままにしちゃ手がかりを残すもとになる。死んでいたら担いで隠れ家へもどれ」

「兄哥は？」

「権吉たちの後を追う」

勘助は尻端折《しりはしょ》りして走りだした。

新大橋の渡り口の下の水辺に着くなり前原は男を土手に蹴り倒した。鼻先に小刀を突きつける。

「勢吉はどこにいる。勢吉の居所を教えろ」

「勢吉？　知らねえ。勢吉なんて野郎はいねえ」

「知らないはずはない。女掏摸をつけ回していた。おまえと一緒にな」

「知らねえ。勢吉なんて聞いたこともねえ」

が、次の瞬間……。

「まさか」

と呻き、思い当たった顔つきとなった。

「いたはずだ。優男だ。女泣かせの優男だ」

「勢五郎兄哥だ。勢吉なんて名じゃねえ。勢五郎だ」

「勢五郎？　勢吉ではないのか」

「勢五郎兄哥は『潜《もぐ》りの勢』との二つ名を持っている。押し込む家に奉公人として入り込んだり、御上の取り締まりの手配りを知るために同心の家に奉公したり、変装して入り込むことを得手としている。呼び名なんざあ、その都度変わって何個あるかわかりゃしねえや」

「貴様、盗人か」

驚愕を露《あら》わに低く呻いた男が、慌てて口を押さえた。

「まさか夜鴉の重吉一味ではあるまいな」

「くそ」

まさしく破れかぶれ、男が横転して逃れようとした。

「逃がさぬ」

前原が小刀を袈裟懸けに振るった。その刃先が立ち上がろうとした男の首筋を切り裂《さ》いていた。血脈を断ち切ったか刃を引き抜くと同時に血が高々と噴《ふ》き上がった。

「しまった。居所を聞き逃した」

呻いた前原に振り向いた男が摑みかかった。前原が小刀を振りかざし、振り下ろした。顔面を真っ二つに断ち割られた男は泳ぐように手を動かし、自ら大川に入っていった。腰まで水に浸《つ》かったとき、力尽きたか男は、川面に崩れ落ちた。

追おうとして川辺で足を止めた前原は、俯せになって水面を漂っている男を凝然と見つめている。

駆け下りてきた堤の途中に立ち止まり、前原と男の修羅場の結末を見届けた男がいた。

勘助であった。

「権吉、てめえの仇《かたき》は、おれが必ず取ってやるぜ」

片手拝みをし、背中を向けて土手を駆け上がっていった。

血刀を手に前原は俯せになって浮いたまま、なかなか沈もうとしない男の死骸を見つめて、未練気に立ち尽くしている。

四章　情炎渦紋《じようえんかもん》

一

鞘番所の裏門の様子を窺《うかが》うべく見廻った門番が、紀伊家下屋敷の塀にもたれて居眠りをしているかにみえる遊び人風の男に不審を抱いた。

——気がかりなことがあれば、直《ただ》ちに報告するようにといわれている。

御支配御用部屋へ向かうと書付に目を通している錬蔵がいた。門番の話を聞くなり、

「表門に張り込んでいる男たちはどうした」

と問うてきた。

「それは、まだ……」

言いよどんだのを見て、

「まず表門の様子をたしかめる」

立ち上がり刀架にかけた大刀を手に取った。

表門の門番所の物見窓から外の様子をあらためると、さきほどまでいた男たちの姿が見えない。錬蔵は、

「松倉たちが同心詰所にいる。表門より出て、二手に分かれて裏門へ通じる露地口を固めろ、とつたえるのだ。おれは裏門から出て男を間近で見張る」

そう下知し、ともに門番所を出た。門番が同心詰所へ走ったのを見届け、裏門へ向かう。

裏門は門扉《もんぴ》一枚だけの簡素なものであった。目の高さに覗《のぞ》き窓がある。内側からだけ開けられる仕組みの、小さな戸がつくりつけられており、日頃は閉じられていた。

戸を跳ね上げて錬蔵は外の様子を窺った。門番がいった通り遊び人風の男が塀に背をもたせかけて頭《こうべ》を垂れていた。投げ出した両足の親指が外側に開いている。躰から力が抜けている証《あかし》だった。

(死んでいる)

錬蔵は男が腰を下ろしている地面に目を注《そそ》いだ。

はっきりと見極めることができた。

血が、男が躰を置いたあたりの土を、どす黒く染め上げていた。

躊躇《ちゆうちよ》はなかった。

錬蔵は門扉を開け、男に歩み寄った。左右に視線を走らせた。水茶屋の建ち並ぶ大川沿いの通りから走り込んできた遊び人風の男が、あわてて動きを止めた。

見覚えがあった。

表門を見張っていた男のひとりに違いなかった。

追おうと駆け出したのと男が背中を向けて逃げ出したのが同時だった。追った錬蔵の目の前に松倉と小幡が姿を現した。

「塀にもたれている男を見張れ」

声高にいって、錬蔵は走った。

「は？」

咄嗟《とつさ》のことに合点がいかぬのか怪訝《けげん》な顔をして顔を見合わせたふたりを尻目に、男の後を追った。男は駆け去っていく。速い逃げ足だった。

新大橋の渡り口で足を止めた錬蔵は、

（とても追いつけぬ。まさしく韋駄天《いだてん》）

そう心中で呻いて踵《きびす》を返した。殺されたとみえる男のことが気にかかっていた。

鞘番所の裏門へつづく露地へ向かう錬蔵を水茶屋の奥の、茣蓙《ござ》を敷いた縁台に坐った男がじっと見つめていた。

頰に傷がある。

勘助に違いなかった。

(様子からみて、どうやら亀次殺しは鞘番所支配の命ではないようだ。女掏摸《すり》の長屋でひとり斬り殺し、権吉を殺した野郎の、功を焦っての突っ走りかもしれねえ)

おもいついた瞬間……。

勘助の脳裏に、

――ちょいと厄介事が絡んでいる野郎でね。あんまり顔を合わせたくないのさ
とうそぶいた勢五郎の顔が脳裏に浮かんだ。

(こうなったら、その曰《いわ》く因縁というやつを、勢五郎から是非《ぜひ》にも聞き出さなきゃならねえな)

その目は、露地の奥へと消え去る錬蔵の背に油断なく据えられている。

壁に背をもたせかけて坐り込んだ男の傍《かたわ》らで膝を折った錬蔵は、躰を仔細《しさい》にあらた

めた。心の臓から溢《あふ》れ出た血が小袖を染めて地につたい流れている。その血に手を触れた。まだ乾ききっていない。何者かに脇腹を突かれて殺されたのはあきらかだった。

（前原が襲ったのかもしれぬ）

出て行った刻限から推量してありえないことではなかった。

（ふたりで張り込んでいたと聞いていたが）

あたりに、それらしい人影はなかった。かなわぬ、とみて仲間を見捨てて逃げたのかもしれない。

（もし前原が襲ったとしたら、片割れをどうするか）

思案を重ねた。

（おそらく、どこぞへ連れ込み責めにかけて、すべてを聞き出そうとするはず）

そうおもい至ったとき、錬蔵はおもわず大きく舌を鳴らしていた。事がうまく運ばなかったときには、男たちが、どこの何者か、背後に控える悪が奈辺《なへん》にあるかなど、辿《たど》る手立てがなくなる。捕らえるときは生け捕りにしなければならない相手であった。

鞘番所の表門の右手、大川沿いの通りには水茶屋が建ち並び、女たちが新大橋を渡って深川の遊里へ遊びに出かける男らに声をかけている。吉原へ向かう遊客たちのほとんどが通る日本堤ほどではないが、それに近い賑《にぎ》わいぶりをみせている一帯だった。

張り込む男たちを捕まえることなど、鞘番所の手勢を繰り出して一気に仕掛ければ造作もないことだった。

（が、それでは御上嫌いの深川に住まう者たちの反感を強めることになる）

と判じて、逆に男たちが仕掛けて来るのを待つ策を取っていた錬蔵だったのだ。

（馬鹿なことをしでかしてくれた）

とのおもいが強い。

背後に控えていた松倉が問いかけてきた。

「何か、気にかかることでも見いだされましたか」

振り向いて、

「いや、何も、ない」

錬蔵は再び男を見つめた。松倉に、前原にたいして抱いた疑念を告げる気は、さらさらなかった。

（前原がしでかしたことは、すべて、おれが責めを負う）

と腹を決めていた。

「骸《むくろ》を片づけてくれ。血をきれいに洗い流し、跡形の残らぬようにするのだ。下屋敷とはいえ紀伊様の屋敷だ。処置の仕方がまずければ粗相《そそう》を咎められるは必定。厄介事は未然に防がねばならぬ」

「如何様《いかさま》」

と顎を引いた松倉が、

「小幡、小者たちを呼んでこい。死体を乗せる戸板も忘れるでないぞ」

「水を張った桶に雑巾《ぞうきん》も用意してまいります」

そう応えて裏門へ走った。

「後は頼む」

錬蔵はいい置いて大川沿いの通りへ向かって歩きだした。ひょっとして傷のある男が、どこぞに身を潜めているかもしれない。

（万が一にも前原がいたら、捕まえて事の真偽を問い質《ただ》さずにはおかぬ）

新大橋の欄干に人だかりがしていた。

「人が死んでいるぞ」

「土左衛門《どざえもん》だ」

野次馬たちが指さして騒ぎ立てている。

人だかりをかき分けて堤へ出た。

川面に目を向けた。

俯《うつぶ》せになった男が川面に浮いていた。肩口から切り裂かれた小袖に赤い色が浮いていた。

男の小袖の柄に見覚えがあった。張り込んでいた男のひとりが着ていたものだった。

男は背後から斬られたに違いない、と錬蔵は推量した。

（おそらく前原の仕業《しわざ》）

功を焦るにもほどがある、とおもった。が、すぐに、

（何か曰くがあるのかもしれぬ）

と思い直した。

その、

〈曰く〉

が何なのか錬蔵には推測すら出来なかった。前原が鬱々《うつうつ》としていることは察知していた。

〈一日も早く探索の任につきたい〉

との焦燥が、その因《もと》であるとおもっていた。しかし、いまは、それが大きな思い違いだったことに気づかされていた。

油堀は下ノ橋近くに張り込むため、安次郎との待ち合わせの場へ現れるであろう前原をつかまえるしかあるまい、と判じた錬蔵は、小者に男の死体を引き上げるよう命じるべく、鞘番所へ足をもどした。


山本町《やまもと》の裏長屋の、露地木戸寄りの表戸を見つめて前原が立ち尽くしていた。

〈かしま〉

と書かれた紙が表戸の腰高障子に貼りつけてある。かつて勢吉こと勢五郎が借りていた長屋であった。いまは空き家になっているらしい。前原にしてみれば、それこそ、

〈藁《わら》にも縋《すが》る気持〉

で足を向けたところだった。あらかじめ予測していたとはいえ、落胆は大きかった。

〈焦ったのだ〉

との、後悔に襲われていた。

〈男たちには張り込みをつづけさせ一網打尽《いちもうだじん》にするべきだった〉

とのおもいが湧く。おそらく錬蔵も、

〈その機を窺っていた〉

に相違ないのだ。おのれの浅慮を嘲笑《わら》うしかなかった。

色の黒い、化粧気のない、粗末な身なりの肥《ふと》った女が井戸端に立ち、警戒心を露《あら》わに刺々《とげとげ》しい目で見つめている。ちらり、と視線を走らせ、前原は女に背を向けた。

行く先の当てはなかった。ただ、以前、里江と勢吉の行方を探索した道筋を歩き回ろう、とおもいはじめていた。

足を止め、空を見上げた。

存在を誇示して燦《きら》めく夏の陽が容赦なく前原を焦《こ》がしつづけている。顔面をつたい落ちる汗を手の甲《こう》で拭った。

二

江戸湾のあちこちに白い波頭が高々と上がっている。夕焼けに赤黒く染め上げられた海原が、いつもより盛り上がって見えた。

海際に鎮座する洲崎弁天の社《やしろ》が見える。目の前に平野川が流れていた。その向こうに洲崎弁天への土手道が延びている。広大な木場の貯木池に通じる堀川が右手にあった。

木場町の大店の主人が囲い者でも住まわせているかのような庭木の立つ黒板塀に囲まれた、瀟洒《しょうしゃ》な建物の二階。開け放した障子窓のそばに坐って、ふたりの男が徳利を真ん中に湯呑みで冷や酒を呑んでいる。

勘助と勢五郎だった。

小皿に盛った肴《さかな》がわりの塩を指でつまんで舐《な》め、勘助が湯呑みの酒を呷《あお》った。

「死んでいる亀次を鞘番所の奴が見つめていたと久八《きゅうはち》がいっていた。権吉が殺《や》られたとこは、おれが見ている。徳松《とくまつ》は長屋で斬られた。成り行きからみて亀次も、あの浪人に殺られたとしかおもえねえ。三人だ。あの浪人にゃ三人も殺られている。勢五郎、もとはといやあ、お頭から使いを頼まれたてめえが、大事な絵図を女掏摸に盗まれたことから始まったんだ」

湯呑みを叩きつけるように置いて、じっと見据えた。

「おめえと、あの浪人との間にゃ、命のやりとりをしなきゃすまねえほどの曰く因縁がある、とみた。洗いざらい話してもらおうか」

「話せない、といったら」

「おめえとの付きあいを、きれいさっぱり断ち切るだけよ」

「勘助、そりゃねえだろう。おれとおまえは」

「十七、八の頃に顔見知りになり、つるんで悪さをしつづけた仲よ。だがな、いままでは隠し事はなかった」

「それは……おれの、ほんの悪戯《いたずら》心が生んだ、とんだ、しくじりよ。みっともなくて口に出せねえ」

「女か」

「ああ。がきをふたりも産んだ、年増《としま》よ。しつこく、つきまといやがったんで、鵞《あひる》の局見世《つぼねみせ》へ売り飛ばした。たった十両、十両にしかならなかったぜ、あの女は」

腹立たしげに舌を鳴らした。

「それが、あの浪人の女房だったんだな」

「あの頃は、北町奉行所の腕利きの同心でな。前原伝吉という名だ」

「そういや、何年か前に、お頭が江戸で荒稼ぎしたいんで、奉行所の探索の手配りや町々の警固のあらましを調べてこいと、おめえを江戸に行かせたことがあったな。そのときのことかい」

「調べ上げるには町奉行所の与力か同心のとこへ住み込むが手っ取り早いと、渡り中間《ちゆうげん》になりすまし口入屋《くちいれや》を通じて潜り込んだ先が、その前原のとこよ」

「入り込んだ先にいる女を口説き落として、のっぴきならない仲になり、いろいろと役立てる、というのが、おめえのやり口だったな」

「同心の女房しか女がいなかったんでな。仕方なく手ぇ出したのよ。年甲斐《がい》もなく、小娘みてえに熱くなりやがって、別れ話を持ち出したら『おまえさま抜きの世の中なんて考えられない。夫も子も捨てていきます。どこまでもつきまといます』と懐剣《かいけん》を手にしての強談判《こわだんぱん》だ。調べられるだけ調べ上げた後だ。下手《へた》に騒がれちゃ面倒だと、連れ出しちまったのさ」

「その前原って同心、いまの零落《れいらく》ぶりからみて『武士の面子にかかわる』と職を投げ出して、てめえの後を追いつづけてきたに違《ちげ》えねえ。いつもいってただろう、女にゃ気をつけろと、よ」

冷めた目で睨みつけ、徳利を手にした。湯呑みに酒を注ぐ。一気に呑み干した。

「勝手にしな。夜鴉のお頭には、事の仔細を洗いざらい喋《しやべ》るつもりだ。三人も死んだんだ。もう隠しきれねえよ」

突然……。

畳に両手を突いた勢五郎が額を擦《こす》りつけんばかりに頭を下げた。

「頼む。おれを見捨てないでくれ。お頭のやり口はわかっている。しくじりには厳しいお人だ。殺されるに決まっている。頼む」

「そうはいっても、な。押し込む大店への道筋を記した三枚の絵図も掏《す》られている。いまのところは、先に描いてもらった絵図が二枚残ってるんで『まだ仕上がらない』という言い訳で誤魔化《ごまか》しちゃいるが、そろそろ、その手も使えなくなる頃合いだ」

「例のお方に、もう一度絵図を描いてもらえばいい。おれが銭は払う」

呆《あき》れ返った目で勘助が見やった。

「絵図一枚三十両だぜ。締めて九十両だ。噂じゃ金に汚いお人だというぜ。口止め料も取られるだろう。掏《す》られたあげく、絵図は深川大番屋のなかにあるんだ。鞘番所の誰かが、絵図が何を意味しているか、謎を解く日が必ず来るに決まっている。どじな話じゃねえか。『同じ絵図を描いたら、絵図に記されているのは、どの堀川をどう辿って行くか、押し込む川筋を示したものだと読み解く奴が出てくるかもしれない。同じ絵図は描けない。新たに描き下ろすとなると知恵を絞らなきゃならないし厄介だ。同色をつけてもらえないか』と相手が値をつり上げてくるかもしれねえ。百五十両は用意しなきゃ、むずかしい話じゃねえかい。勢五郎、おめえ、そんな大金、持ってるのかい」

「そいつは……」

「ない袖は振れねえだろう。あきらめな」

「死にたくねえ。頼む。この通りだ。おれに力を貸してくれ。見捨てないでくれ」

両手を合わせた。

沈黙が流れた。

じっと見つめていた勘助が溜息をついた。

「仕方ねえな。宿《やど》の兄哥《あにい》に相談してみるかい。銭の算段と、辿る川筋を目論《もくろ》んだ水先絵図を描いてもらうお方へのつなぎをよ。深川に巣くう逃がし屋が、逃がす道筋を考えてもらうという、江戸界隈《かいわい》の水先を知り尽くした仕事人ともいうべきお方だ。なかなか依頼を受けねえということだが、何とか頼み込んで新しい絵図を描いてもらえるように段取るしかあるめえ」

「ほんとか。おめえが粘《ねば》りに粘ったら、宿の兄哥は、最初は渋っていても、しまいにゃ折れて願い事を聞いてくれるはずだ。何せ義兄弟の盃を交わした仲だからな」

「そういうことよ。ただ」

「ただ、何でえ」

「どんな手立てを取っても、女掏摸から絵図だけは取り返さなきゃならねえだろうよ。それくらいの意地を見せなきゃ、格好がつかねえぜ。何せ、弟分を三人も死なせたんだからな」

「そうでもしなきゃ、お頭に顔が立たねえ。すべてがわかったときに、許してもらえねえかもしれねえ」

　追い詰められた顔つきで勢五郎がいった。

「おれも同じよ。夜鴉のお頭は、怖いお人だ。人の命を奪《と》ることを何とも思わねえ。長年仕えたおれたちにも情けはかけねえだろうよ」

「女掏摸から絵図を奪い返し、浪人の命も奪る。そのことに命をかけるぜ」

「おめえが巾着を掏られたとき、一緒だったおれも咎めは免れねえ。死に物狂いで仕掛けるしかねえのさ」

　徳利を手に取り湯呑みに酒を満たした勘助が、ぐびり、と一息に呷った。

　五つ（午後八時）を告げる時鐘が鳴り始めた。錬蔵は、まだ用部屋にいる。一度は、

（張り込むために安次郎と待ち合わせた下ノ橋へ出向いて前原を問い質し、すべてを白状させずにはおかぬ）

と腹を括《くく》ったが、

（前原のことだ。頑《かたく》なに口を閉ざし、何ひとつ話すまい。かえって追い詰めるだけのこと。いまはしばらく様子を見るべきであろう）

と思い直したのだった。

畳に三枚の絵図が並べてある。その上に深川の切絵図が広げてあった。

絵図の右半分の線が下方に集まっている。深川から大川へつながる川は五つ。そのことは張り込む河口を定めるときに安次郎とあらためてある。

が、三枚の絵図には六本の線が引いてあった。どう見ても一本多い。左側には線が二十四本引いてあった。

うむ、と首を捻《ひね》った。脇に置いてあった大絵図に手を伸ばした。開いて、切絵図のそばに置く。

深川から出入りする小船を見張ると決めたとき、

（三枚の絵図は、川筋を簡略化して描いたものではないのか）

との疑念を抱いた。

夜鴉の重吉一味が小船を使って狙う大店に近づき、押し込んでいるのではないか、と判じたとき、江戸の河川にくわしいものが辿る道筋を定めているはずだ、と推量した。もし誰かが、すすむべき川筋を決めているとすれば、そのことをつたえる何かをつくり上げるのは自明の理だった。

（それが、この三枚の絵図ではないのか）

そう推理したのだ。

大絵図と三枚の絵図を見比べた。中央に太い線が引いてある。

（この太い線は大川を意味しているのではないのか）

大絵図上で大川の左側にある川を数えてみた。五本しかなかった。絵図には線が二十四本引かれてある。

（二十四本と五本。あまりにも数が違いすぎる）

推測が大きくはずれたことを思い知らされ錬蔵は、うむ、と大きく唸《うな》って腕を組んだ。

三枚の絵図と深川の切絵図、江戸の大絵図をじっと見つめた。見据えても、そこからは何も見いだせなかった。

が、何か見落としがあるような気がしてならなかった。

腕を組んだまま、身じろぎひとつせず、見つめつづけた。

油堀に架かる下ノ橋のたもとで安次郎は立ち尽くしていた。落ち合うはずの前原は、まだ現れていなかった。橋のたもとの二方で張り込むと、あらかじめ定めてある。

（ひとりで張り込むしかない）

そう踏ん切って河口近くの土手に腰を下ろした。

五つを告げる鐘の音を聞いて、すでに小半刻はゆうに過ぎている。

（何かあったに違いない）

何があったか、前原のことをほとんど知らない安次郎は、推《お》し量る手がかりの欠片《かけら》ひとつさえ持ち合わせていなかった。

大川には船遊びの小船や屋形船が十艘ほど浮かんでいる。賑やかな三味線や太鼓の音が響いてくる屋形船もあった。どこぞのお大尽《だいじん》が芸者衆や男芸者を引き連れて、豪勢な夜の船遊びを楽しんでいるのだろう。

かとおもうと小船に男ばかり十数人も乗り込んで、一升徳利を囲んで何やら小皿に盛った肴をつまんでいる御店の奉公人らしき者たちの姿もみえる。

（涼を楽しむのが船遊びの趣向だっていうのに、あれじゃ渡し船と変わりはねえや）

おもわず苦笑いを浮かべたとき、背後に人の気配を感じた。倒れ込み横転して警戒の視線を向けた。

前原が立っていた。

「何でえ、前原さんじゃねえか。声のひとつもかけてくれりゃ余計な気を回さずにすんだのによ」

泥を払って立ち上がった。

「すまぬ。遅れてしまった」

頭を垂れた。

「今のところ、気にかかることは何もありやせんがね」

歩み寄った安次郎が動きを止めて目を見張った。

「血がついてるぜ。怪我はしてねえようだ。返り血かい」

あわてて前原が袖口を押さえた。

「ちょっとな、やりあったのだ」

「ふたりの御子がいなさるんだ。余計なことかもしれねえが、命がけの用心棒稼業をやらなきゃ、おまんまが食えないわけじゃあるめえし、できるだけ危ないことは避けて通られるほうがよろしいんじゃねえですかい」

安次郎は尖った口調になっていた。

「おれの持ち場は向こう岸であったな」

「気ぃ入れておくんなせえ。前原さん、躰の具合でも悪いんじゃないですかい。お俊と出会ってからというもの何かおかしいですぜ」

いわずもがなのことを言ってしまったと胸中で舌打ちしていた。前原が、鬱々とした気分でいることは、とうに察している。あわてて、ことばを添えた。

「おれの口の悪いのは生まれつきだ。気にしないでおくんなさい。いまは、お務め大事に、いきましょうや」

「気遣い、痛み入る」

浅く頭を下げ、背中を向けた。

（返り血まで浴びて、何があったというんでえ。前原さんも水臭いぜ。何があったか話してくれても、いいじゃねえか。おれたちゃ、お仲間じゃねえのかい）

小さく舌を鳴らして、安次郎は大川に目を向けた。

三

朝餉《あさげ》を食べ終えた錬蔵はお紋をじっと見つめた。見つめ返して、お紋が問うた。

「大事な話があるんだね」

「世話になっていて、こんなことをいうのは心苦しいが、当分夜中の探索がつづく」

「竹屋の太夫が朝寝坊しているのは、そのせいなんだね」

「そうだ」

「わかったよ。疲れて寝入っている太夫の邪魔をするわけにはいかないし、ね。けど、これだけは約束してくれるかい」

「おれにできることなら約定する」

「朝餉の支度をしていいときが来たら、必ず声をかけてほしいんだ。いいだろ」

「それは、おれから、是非とも、お願いしたいことだ。菜をつくってもらっていて、こんなことをいうのは申し訳ないが、お紋さんの味はおれの口に合う」

「ほんと、かい」

目を輝かせた。

「いつも、うまい、とおもって食している」

「嬉しいねえ。ついでに、もうひとつ、お願いがあるのさ」

甘えたような眼差しを向けた。

「おれに、できることとか」

錬蔵は困惑していた。

「簡単なこと、さ」

「それならいい」

「必ず声をかけるって約束してくれた証に指切りしてほしいのさ」

小指を立てて、おずおずと手を出した。

「指切りか……」

わずかの間があった。

「だめ、かい」

語尾を揺らしたお紋の小指に、錬蔵が黙って小指をからませていた。

「旦那」

満面に喜色を浮かせた。

小指をからませたまま応えた。

「その日が早く来るのを楽しみにしている」

微笑んだ。

「いやだねえ、小娘みたいな真似をしちまったよ」

照れたような笑みを見せた。小指から力が抜けた。錬蔵が小指をはずした。

「知らせがくるのを心待ちにしてるよ」

絡めた小指をながめていた視線を錬蔵に流して、お紋ははにかんだ笑みを浮かべた。

お紋が帰った後、錬蔵は安次郎を起こさないように気遣いながら静かに身支度をした。

用部屋へ向かうべく足を踏み出した錬蔵を見つけてお俊が駆け寄ってきた。出てくるのを待っていたようだった。

「旦那、実は」

「何かあったのだな、前原に」

「小袖に血がついてたんですよ。それも半端な量じゃない。袖を中心に胸元から腰のあたりまであちこちに飛び散っていて」

目線で錬蔵が話のつづきをうながした。

「水を入れた盥《たらい》に浸《つ》けてあったんです。おそらく帰ってきて、すぐやったんじゃないかと。水に浸けたら血が薄くなるとおもったのかもしれない」

心配しているのか、眉を寄せた。

じっと見つめて錬蔵が告げた。

「このこと、誰にもいうな。たとえ相手が安次郎でも、だ」

息を呑んだお俊が、ぐるりを見渡して、

「ひょっとして旦那は、このことをご存じだったんじゃ」

「いや。お俊の話を聞いて初めて知った。ただ」

「ただ？」

「昨日、鞘番所の近くで、ふたりの男が殺された。前原が出かけてまもなく起きたことだった」

「前原さんがやった、とおもってたんだね、旦那は」

うむ、とうなずいて告げた。

「前原に、いままでと違う様子が、わずかでも見えたら、おれにそっと知らせてくれ。いいな」

「前原さん、何か大変なことに巻き込まれているんだね。わたしが因《もと》なのかい」

「違う。それだけは、はっきりいえる。余計な心配をしないことだ。それより、ふたりの子の面倒を見てやってくれ。頼む」

「頼む、だなんて。ふたりともいい子だし、正直いって、わたしも一緒になって楽しんでるのさ。あんまり深く関わるな、といわれたって、こそこそ隠れて面倒見ちゃうとおもうよ」

「そいつは、よかった。何かと可哀想な子たちだ。慈《いつく》しんでやってくれ」

「そこんとこは大船に乗った気で、まかしといてくださいな」

ぽん、と胸を叩いた。

用部屋へ向かうつもりでいた錬蔵だったが気が変わった。門番所へ入って物見窓へ歩み寄った。障子窓は細めに開けてある。門番たちが見張っている証だった。

外をのぞき見た。男たちの姿はどこにもなかった。

(無理もない)

とおもった。

昨日、張り込んでいた仲間ふたりを殺されたのだ。警戒して姿を現さないのは当然の事といえた。

「裏門の様子はどうだ」

「男たちの姿はありません」

門番のひとりが応えた。

「監視を怠らぬようにしてくれ」

「わずかでも、つねと違ったことがあれば、すぐにも、お知らせいたします」

緊張した面持ちで応えた。

用部屋に行くと文机の上に書付が十数枚置いてあった。殺された男たちの死骸を本《ほん》所《じょ》の回向院《えこういん》に無縁仏として葬ったことについての報告がなされていた。後は深川の茶屋に売られてきた女たちの人別など、目を通したら事務方の小者に命じて保管させるだけの書付であった。
深川は驚くほど人の出入りの多い町だった。それも女たちが多かった。置屋や局見世などへ芸者や遊女として売られて来た女たちは、
〈売り物にならない〉
と見限られたら、それこそ、

〈まだ売り買いのできるうちに〉

他の岡場所、遊所へ売り飛ばされた。深川で、ぱっとしなかった遊女が品川《しながわ》へ売られたら急に売れっ子になるということも少なくはなかった。

――遊女にも、その土地《ところ》に合う、合わないということがあるのでしょうな。たとえ吉原で太夫の職を張った女でも深川の茶屋へ出たら、おそらく吉原で得た評判ほどの人気は出ますまい。俗に『破れ鍋に綴《と》じ蓋《ぶた》』と申します。そこその美形であれば、どんな女にも、ぴたりと合う土地柄というものがあるのでしょうよ
以前、河水の藤右衛門がいったことがあった。そのときは、

(そんなものか)

と聞き流していたが遊女の人別の届け書の多さに日々驚かされている。

書付の処理を終えた錬蔵は前原のことに思いを馳《は》せた。

(前原に、どんな悩みがあるというのか)

心当たりがなかった。ふたりの子を見る前原の目には、この深川で再会したときとは違って明るさが甦《よみがえ》っていた。それが、このところ消えている。

(あの日からだ)

引っ越してきた翌日から前原の様子が少しずつ変わっていった。

うむ、と首を傾げた。前原のこととなると、つねに肝心《かんじん》なところの側口《そばぐち》で思考が止まってしまう。懊悩の因《もと》であった妻女は、すでにこの世の人ではない。

（妻女以外にどんな問題があるというのか）

そう突き詰めたとき、錬蔵の脳裏に閃《ひらめ》くものがあった。

（まさか、そんなことが……）

とおもった。が、それ以外、思い当たらなかった。

（前原は妻女と手に手を取って逐電した男と偶然、出くわしたのだ）

そうとしかおもえなかった。

（引っ越しの日に何があった？）

おのれに問いかけてみた。

（お俊だ。お俊をつけてきた男たちのなかに前原の妻女を狂わせた男がいたのだ）

唐突に浮かんだ顔があった。お俊に巾着を掏られ、執拗に迫っていた優男風の遊び人のものであった。

（そういえば途中から、あの男の姿が失《う》せていた）

そのときは何ともおもわなかった。が、前原の顔を見て、妻女を盗んだ相手と覚ったとしたら、顔を見られぬよう振る舞ったと考えられぬこともない。

（いますぐ前原に問い質す）

との衝動に駆られた。

が、

（素直に話すとはおもえぬ）

と判じた。

（前原は女敵討《めがたき》ちをする覚悟を決めているのだ）

そう推測すると、いまの前原の頑なとしかみえぬ態度の因を読み解くことが出来る。

（前原をひそかに見張るしかあるまい）

錬蔵は腹を固めた。


井戸の側で佐知が褌《ふんどし》一つで盥に坐り込んでいる俊作に、釣瓶桶《つるべおけ》で汲み上げた井戸水を思いっきり頭から、ぶっかけた。

「わ、水が鼻に入った。やめろ」

再び井戸へ下ろした釣瓶桶を引き上げようとしている佐知に、俊作が盥の水をかけた。

「濡れちゃう。やめなさい」

佐知が声を高めた。

じゃれ合う姉と弟を長屋の表戸の前に立って前原とお俊が見ている。ふたりの顔には笑みがみえた。

「おれに、もしものことがあったら、この子らは……」

聞き取れぬほどのつぶやきであった。

が、お俊はしかと聞き取っていた。振り向くと前原の顔から笑みが消えていた。沈みきった陰鬱な翳《かげ》が眼差しに宿っていた。

「佐知ちゃんと俊作ちゃんは、わたしみたいになるのさ。裏街道しか歩けない身の上にね」

「何っ」

見やった前原を睨みつけた。

「親のいない子がどうやったら、まともに生きていけるとおもってるんだい。大滝の旦那が面倒見てくれるとおもっていたら大間違いだ。甘えているんじゃないよ。大滝さまは深川大番屋支配だ。深川は石を投げれば悪党に当たるという土地柄だよ。明日にも闇討ちにあうかもしれない。いつ命を失うか、わからないお人なんだよ」

「それは……」

「いま、あんたは生きているんだ。ぴんぴんしてるじゃないか。その命、ふたりの子のために、大切に使う気はないのかい。返り血なんか浴びて帰ってくる。そんな危い橋を渡らないでさ」

「知っていたのか」

「朝飯をつくってるのは、わたしだよ。気づかないはずがないじゃないか」

「誰にもいうな。とくに佐知と俊作には、いわないでくれ。余計な心配をさせたくないのだ」

「それほど気にかけてるのに何で、好んで斬り合いをするのさ。佐知ちゃんや俊作ちゃんが、可哀想じゃないか」

無言で、じっと見つめた前原の目に、不意に光るものが浮かび上がったのをお俊は見逃さなかった。

「おまえさん、なんで……」

いまにも涙が零《こぼ》れそうじゃないか、といいかけて、呑み込んだ。

「おれにも、おれにも、わからぬのだ。止めて止まらぬ男の意地だ。嘲笑《わら》え、嘲笑ってくれ。どうにも、ならぬ。こころがどうにも、いうことを聞かぬのだ」

顔を背けた。表戸を開け、なかへ飛び込んだ。

戸が閉じられる音に、佐知たちの屈託のない笑い声が重なった。

「佐知ちゃん。俊作ちゃん……」

振り返って、小さく呼んだ。聞こえるはずもない呼びかけであった。

ふたりの子は邪気のない笑顔で水をかけ合っている。


錬蔵の前に安次郎が坐っている。目覚めてすぐ用部屋へやってきたのか、顔には、まだ眠気を漂《ただよ》わせている。

「朝餉は食べたか。お紋が、つくってくれた菜だ。食べないと罰が当たるぞ」

「これから、ゆっくりと食べまさ。ところで、旦那」

身を乗りだした。

「前原のことか」

「どうして、わかりますんで」

「返り血を浴びていたそうだな」

「誰から、お聞きになったんで」

「お俊から、な。水を張った盥に血に染まった小袖が浸けられていたそうな」

「どこで何があったか、一言も仰有《おっしゃ》らないので」

「おまえの出かけた後でな、一騒ぎあったのだ」

裏門を張り込んでいた男のひとりが脇腹から心の臓まで切り裂かれて死んでいたこと、残るひとりが肩口から斬られて大川に浮いていた事などを、錬蔵はかいつまんで話して聞かせた。

「旦那は前原さんが下手人じゃねえかと」

「しかとはわからぬ。が、おそらく、当たらずといえども遠からず、であろうよ」

「事の真偽を問い質さねえんですかい、前原さんに」

「問うても、いうまい」

「多分そうでしょうね」

「この事、口外無用ぞ。いずれ前原の口から聞くことができよう。おれは、そう信じている」

「旦那……」

ことばを切った安次郎が、しばし錬蔵を見つめた。ふっ、と片頬に笑みを浮かべた。

「旦那らしいや。いいでしょう。何も見なかった、聞かなかったことにしやしょう。

それが、気楽でいいやな」

　無言で錬蔵が微《かす》かな笑みを返した。


　その夜、油堀は下ノ橋近くの土手に錬蔵の姿があった。小袖を着流し、編笠を顔にのせ、肘《ひじ》枕をしている。編笠の隙間から橋の向こうに安次郎がみえた。前方に前原の姿がある。ふたりとも大川と油堀の二手を見張れるように躰を向けていた。抜かりのない張り込みだった。

　大川から油堀へ、酒盛りをしている数人の御店者を乗せた小船が入ってくる。舟を仕立てた船宿へでも戻るのであろう。

　四つ（午後十時）を告げて時の鐘が鳴っている。木戸の門が閉まる刻限であった。船遊びの御店者たちはどこぞの岡場所の、なじみの店にでも泊まり込むつもりなのかもしれない。錬蔵は夜の船遊びに出る遊客たちの多さに驚かされていた。

（これでは夜鴉一味の乗り込んだ小船を見いだすのは、なかなか難しそうだ。どうしたものか）

　首を捻った。

四

九つ（午前零時）過ぎに錬蔵は鞘番所に引きあげてきた。前原に不穏な動きはない、と見て取ったからだった。

門番所の物見窓に声をかけ、切り戸を開けさせたとき、問うた。

「いつもの男たちは姿を見せたか」

「影も形もありません。仲間が殺《や》られたので怖《お》じ気《け》づいたのかもしれませぬ」

転《うた》た寝でもしていたのか、寝惚けた口調で門番が応えた。

「ただいま表門へ、お俊の知り合いと申す白髪まじりの男がまいっております。いかがいたしましょうか」

あわただしく用部屋へ駆け込んできた小者が錬蔵に告げた。翌日の昼前のことであった。松倉ら同心も、前原たちも眠っている。立ち上がった錬蔵は刀架に架けた大刀を手に取った。

「表門の切り戸の前で会わせるがよい。用心のため、おれが陰ながら見張る。おれがことは、お俊にはいうな。自然に振る舞うことができぬかもしれぬ」

門番所に入った錬蔵は細めに開けた表戸から様子を窺った。お俊が小者に連れられてやってきて、切り戸から出るのを見届け、切り戸の後ろに張りついた。わずかに切り戸を開けてある。そこからお俊の後ろ姿がみえた。

「お俊さんに会いたいという人が表門の前で待っています」

と小者がお俊を迎えに来た。小者の話によれば、年格好からみて訪ねてきたのは、伊佐吉だと推測した。鞘番所にいることは仲間の誰も知らないことだった。伊佐吉が、どうしてここにいることを知ったのか、お俊にはわからなかった。

鞘番所の小者が、わざわざ迎えに来たものを、

「会いたくない」

と断るわけにもいかなかった。何せ匿ってもらっている身である。勝手は許されないとおもった。

切り戸から出てみると、そこに立っていたのは思った通り伊佐吉だった。

「お俊、お見限りだったな」

厭味《いやみ》たっぷりな物言いだった。

「用もないのに顔を出す必要もないだろう。帰っておくれ」

背中を向けた。

瞬間……。

伊佐吉が躰を寄せ、背中に固いものが押しつけられていた。

「わかるかい。匕首《あいくち》を押しつけてるんだ。いうことを聞かなきゃ、ぶすり、といくぜ」

「久しぶりに会ったら、何てことするんだい。いくら親分だって、許さないよ」

「相変わらず鼻っ柱《つぇ》だけは強えな。が、今日のおれには通じねえ。何せ、引くに引けねえ頼まれ事で動いてる身だ」

「何だって」

「付きあってもらうぜ」

「誰に頼まれたんだい。頬に傷のある男からかい」

「おとなしく来い。手ぇ焼かせるんじゃねえ。突くぜ」

匕首の先を突き立てられ、お俊は呻いてよろけた。わずかに伊佐吉の躰が離れた。

切り戸が開かれるや閃光が迸《ほとばし》った。匕首を取り落とした伊佐吉が肩を押さえて、たたらを踏んだ。

「お俊、入れ」

声と同時にお俊の手が引かれていた。投げ込まれるように切り戸のなかへ倒れ込んだ。

顔を上げて見ると切り戸を塞《ふさ》いで、峰に返した大刀を手にした錬蔵が立っていた。その向こうに肩を押さえて背中を丸め、転がるように逃げ去る伊佐吉が見えた。その姿が人混みに紛れて消え去るのを見届けてから錬蔵が入ってきた。

立ち上がったお俊の目が喜色に彩《いろど》られていた。

「旦那、旦那は、わたしを陰ながら見守ってくれてたんだね。助けてやろう、とそばについていてくれたんだね」

「それが、おれの務めだ」

「旦那、わたしは旦那を」

遮って錬蔵が、いった。

「陰で話は聞かせてもらった。掏摸の親分のようだな」

「伊佐吉といいますのさ」

「刺されたな。傷の手当てをするか」

「大きな蚊に刺されたようなものですよ。たいしたことありません」

お俊は背中に手を当てて、顔を顰《しか》めた。

「蚊に刺されたにしては痛そうだな」

錬蔵は揶揄《やゆ》したようにいい、生真面目な顔つきにもどって、問うた。

「お俊がここにいるのを、どうやって伊佐吉が知ったか、心当たりがあるか」

「蛇《じゃ》の道は蛇《へび》っていいますからね。掏摸仲間に偶然見かけられ、後をつけられたかもしれない」

「引くに引けねえ頼まれ事だ、と伊佐吉がいっていたが」

「けどね、旦那。あのときは咄嗟に傷のある男から頼まれたのかい、といったんだけど、伊佐吉が、あいつらと顔見知りだとは、とても考えられませんのさ」

「つながらぬか？」

下唇を軽く嚙んでお俊が考え込んだ。

ややあって、錬蔵を見やった。

「掏摸仲間には、それぞれ縄張りがあります。わたしらは深川一帯が稼ぎ場。そこから出て、よその掏摸仲間の縄張りを荒らすことはありません。やくざ者の一家に渡りをつけ鼻薬を嗅《か》がせたら、わたしの親分の名と住まいぐらい、いとも簡単に探り出せますよ」

「多分そういうことだろうな」

「やっぱり、巾着を掏られた男の仲間が伊佐吉にいい含めて、わたしを連れ出そうとしたんじゃ」

「あれだけしつこく張り込んでいたのだ。簡単には引き下がらぬだろうよ」

口を尖らせて、お俊がいった。

「旦那、たった二分と鐚銭《びたせん》少々ですよ、巾着の中味は。割に合わないったらありゃしない。ついてないねえ」

「これからもあることだ。当分、外歩きはせぬことだな」

「俊作ちゃんたちの相手をするのが愉《たの》しくてね。できれば、このまま鞘番所に居着きたいくらいですよ。旦那、そうさせてくださいな」

手を合わせた。

「居候《いそうろう》しているのは前原の長屋だ。そこんところは前原と相談するんだな」

「前原さんさえよけりゃ、いいんですか」

「下働きの仕事でよければ大番屋で働いてもらってもいい。まずは掏摸の足をきれいさっぱり洗うことだ」

「洗いますよ。垢《あか》のひとつも出ないくらい、きれいに洗います。だからお願いします。置いてくださいな」

身を揉《も》むようにして、さらに強く手を合わせた。

「まずは長屋にもどって佐知ちゃんに傷の手当をしてもらえ。男のおれでは、どうにも手当しにくい場所だからな」

笑みをくれて踵を返した。


その夜、錬蔵が出かけることはなかった。

（伊佐吉を寄越したのは巾着を掏られた男たちに違いない）

と判じていた。

（仲間三人の命を奪われても取りもどさねばならぬほどの価値が三枚の絵図にはある）

そう、おもわざるをえない。

（再び絵図を手にするまでは、あらゆる手立てを講じてくるに違いない）

と断じた上での居残りであった。

文机には三枚の絵図が並べられている。

（どんな謎が秘められているというのだ）

じっと見つめた。

金縛《かなしば》りにあったかのように身動きひとつせず、錬蔵は絵図を見つづけている。

翌朝、深川大番屋に、洲崎弁天へつづく二十間川の土手に滅多刺しにされた男の死骸が転がっている、との知らせがもたらされた。

同心たちは連夜の張り込みに疲れて寝入っている。

小者ふたりを従えて錬蔵が出向いた。

間近の自身番の番太郎が骸の前に立っていた。

俯《うつぶ》せになっていたが背中には十数ヶ所ほど突いた跡が見受けられた。小袖が血に染まっている。

死体の脇で錬蔵は膝を折った。白髪まじりの頭に見覚えがあった。背中の傷は匕首を深々と突き立て、心の臓へ向かって抉《えぐ》ったものとおもわれた。

〈殺しに慣れた者たちの仕業〉

刃を心の臓へ向かって撥《は》ねるように抉るやり口は、

〈必ず息の根を止める〉

ための動きである。怒りにまかせて逆上し、咄嗟に匕首を振り回した者が決して為

すことのない、

〈命を奪うために〉

極めて冷静に匕首を使ったという証でもあった。

顎を摑み、顔を仰向けにする。あらためた錬蔵の目が見開かれた。凄まじいまでの断末魔の形相に人相が変わって見えるが、まさしく伊佐吉に相違なかった。

顎から手を離して錬蔵が小者に告げた。

「骸を深川大番屋へ運べ。顔あらためをさせたい」

その目は伊佐吉に据えられたままであった。

五

死骸を乗せた戸板が鞘番所の前庭に置かれてある。骸には筵《むしろ》がかけてあった。

傍らに錬蔵が片膝をついていた。背後に立っているお俊を振り返っていった。

「近寄って、よく見るのだ」

おずおずとした所作で、お俊が錬蔵の向かい側で膝を折った。

無言で錬蔵が筵をめくった。

仰向けに横たえられた死体の顔が剝《む》き出しとなった。

驚愕がお俊を襲った。

「親分」

見張った目を錬蔵に向けた。

「やはり伊佐吉か」

「誰が、誰がこんなことを」

「おそらく」

「わたしが巾着を掏った男と仲間の奴らが」

「よってたかって匕首を突き立て嬲《なぶ》り殺したのだ」

「何のために、こんな酷《ひど》いことを」

「まずは伊佐吉の口封じのため。それと」

「それと」

「決して狙うことをあきらめないぞ、という強い意志をつたえ、恐怖を植えつけるために為したことだ」

「それじゃ、どんなことがあってもわたしを、わたしの命を」

「掏った巾着のなかに入っていたものを、奴らはどうしても取り返したいのだ。あるいは男たちの命が、かかっているのかもしれぬ」

「どういうことだい」

「男たちをそれほどまでに怯《おび》えさせる、兇悪な奴が背後に控えているということだ」

「それは誰、誰なのさ」

「いまは、わからぬ。ただこれだけはいえる。目的のためには人の命を奪うことを何ともおもわぬ輩《やから》が相手だと、いうことだけは、な」

「わたしは、わたしはどうすりゃいいのさ」

「鞘番所から一歩も外へ出ないことだ。誰が来ても会ってはならぬ。いいな」

「わかったよ」

「長屋へもどれ。顔あらためは終わった」

取り付く島もない、にべもない口調だった。

「旦那……」

縋《すが》る目で錬蔵を見た。

「わたしを、どんなことがあっても、わたしを守ってくれるんだよね」

「それが、おれの務めだ」

筵を伊佐吉にかけ直した。

「務め、かい。そうかい」

独り言《ご》ちたようにつぶやき、お俊が立ち上がった。

「骸を本所の回向院に運べ。無縁仏として葬るのだ。おれが住職宛《あて》の、供養願いの書付を書く。用部屋までついてまいれ」

その下知に顎を引いた小者が、歩きだした錬蔵につづいた。

「旦那……」

取り残されたお俊が、悄然と肩を落として錬蔵の後ろ姿を見つめて立ち尽くしている。

回向院の住職宛の書付を小者に持たせて小半刻もたたぬ頃、開け放した戸襖の陰から声がかかった。

「御支配。前原です」

文机に置いた三枚の絵図を見据えていた錬蔵が顔を上げた。

「入れ」

絵図を折り畳み、巾着にもどした。懐に入れる。

入ってきた前原が向かい合って坐った。

「お話があります」

表情が硬い。

「聞こう」

前原を見据えた。何事も見通す、との鋭い光が目の奥にあった。

「裏門に張り込んでいた男たちを殺したのは私です」

そこで、ことばを切り、俯いた。逡巡がみえた。

腕を組んだ錬蔵は静かに目を閉じた。口を開こうとしなかった。

重苦しい沈黙が流れた。

「御支配」

応えはなかった。前原が半歩膝行《しっこう》して身を乗りだし手をついた。

「申し訳ありませぬ。すぐにも復申せねばならぬことでありました。張り込んでいた男たちは、あの男たちは夜鴉の重吉の手下どもでございます」

目を見開いて錬蔵が、応えた。

「そうか。夜鴉の重吉一味だと申すか」

つねと変わらぬ物言いだった。

顔を上げ、さらに半歩膝行した前原が声を高めた。

「あの男たちのなかに見知った顔を見いだしました。決して忘れることの出来ぬ顔でございます。それゆえ」

「前原」

話を遮って呼びかけた錬蔵を、

「は」

と見上げた。

「ただ務めに励め。よいな。いまは、ただ務めに励む。それだけを考えろ」

「それは」

「おまえはひとりではない。ふたりの子にも恵まれている。天からの授かり物だ。仲間もいる」

「仲間」

「そうだ。仲間だ。身分を超え、年齢《とし》を超え、終世の友ともなりうるかもしれぬ、仲間だ」

「御支配……」

「無理はするな。過ぎ去ったことなど、今では、何の価値も持たぬ。今、この時が、すべてなのだ。瞬間《とき》を積み重ねる。積み重ねる瞬間を悔いなく生きたか、おのれに問いかけながら生きる。人に出来ることは、それしかないのだ。自ら、時を止めてはならぬ。時とは、流れゆき、遠ざかってゆくが定めのもの。人の、わずかな人の力で止められるものではない。過去《むかし》は、しょせん、おのれの手では摑み取れぬ、あの世に似た別の世界にあるものなのだ」

「わたしは、わたしには出来ぬことかもしれませぬ。わたしは、まだ、かすのこころが――」

「残っている、と。囚《とら》われているだけのことではないのか」

「囚われている？」

「もう一度いう。ふたりの子を、かすの子として育てるというのか。育てる、と、ただ衣食を与えて年齢を重ねさせ、大きくすることとは、違うことなのだぞ」

「育てる。ただ衣食を与えて年齢を重ねさせ、大きくする……」

鸚鵡《おうむ》返しにつぶやいた前原が力なく首を振った。

「わかりませぬ。わたしには、どうしていいか、わかりませぬ」

「わからぬ、でよいではないか」

「は？」

「無理にわかろうとすれば、ただ、わかった気になるだけのことではないのか」

「それは、しかし……」

「いまは、ただ務めに励め。あとは成り行きにまかせるのだ。いつか過去《むかし》を断ち切れるときがくる。成り行きにまかせて、その日が来るのを待つしかない。無理に忘れることもない」

「無理にわかろうとせず、忘れようともせず……いま、おのれがやるべきことだけを見つめる」

うむ、と前原が呻いた。

「ただ務めに励め。ひとつ手がかりを得たのだ。励みがいがあるというもの」

「手がかり？」

「夜鴉一味の手がかりを、よ。深川中を歩き回って傷のある男と優男風を探し回る。見つけ出して捕らえれば夜鴉の重吉に一歩近づくことになる。探索の手立てが増えたではないか。これから新たな策を練《ね》る。松倉たちが目覚めた頃合いを見計らって声をかけろ。用部屋へ来るよう申しつたえるのだ」

「承知仕《つかまつ》った」

大きく顎を引いた。

長屋の台所の土間からつづく板敷の上がり端に、お俊は腰を下ろしている。顎に手をかけ、ぼんやりと考え込んで、動こうとしないお俊を、襖の陰から心配そうに佐知と俊作が見つづけていた。

顔を見合わせた。うなずき合って手をつないだふたりが、おずおずとお俊に歩み寄った。

「お俊姉ちゃん」

「どうしたの」

俊作と佐知が、ほとんど同時に声をかけ、お俊の肩に手をかけた。

お俊は振り向いて、

「佐知ちゃん、俊作ちゃん」

いきなりふたりを抱きしめた。

「姉ちゃんは弱虫なんだよ。意気地なしなんだよ。力を貸しておくれよ」

強く抱きしめた。

「お姉ちゃん」

「お俊姉ちゃん」

佐知と俊作がむしゃぶりつくように抱き縋った。

「お姉ちゃん、強くなるよ。もうじき、強くなるからね。だから、お願い。しばらく、こうしていてね」

ふたりを抱く手にさらに力を込めた。


用部屋で錬蔵は腕を組み、思案に暮れていた。夜鴉の重吉の手がかりの欠片《かけら》は摑めた。が、それが、どれほどのものに膨《ふく》れ上がるか読めなかった。

(男たちの異常なほどのしつこさの奥にあるのは、夜鴉の重吉の冷酷非情にたいする恐怖なのだ)

そのことだけは推断できた。が、その推断が錬蔵に、新たな不安をつくり出していた。

(男たちは、すでに夜鴉の重吉に殺されているのではないのか)

そうなれば、やっと摑んだ手がかりが失われることになる。

脳裏に、伊佐吉の、滅多刺しされた無惨極まる死に様《ざま》が浮かんだ。背中はもちろん胸にも腹にも無数の突き傷、抉られた跡があった。腸《はらわた》もはみ出し、切り裂かれていた。あれほど残酷に嬲《なぶ》り殺された死骸を、錬蔵は見たことがなかった。不思議なことに、飛び散ったおのれの血を浴びてはいたが、顔には傷ひとつなかった。殺されたのが、どこの誰か、はっきりとわからせるための所業といえた。そのことが、かえって殺した者たちの兇悪を見せつけていた。

（生きていてくれ。貴重な手がかりだ。生きて、この深川のどこかで、蠢《うごめ》いていてくれ）

男たちの無事を願って中天を見据えた。

五章　仕舞花火《しまいはなび》

一

その夜、長屋へもどった錬蔵を表戸の前でお俊が待っていた。

「話があります」

表情が硬《かた》い。思いつめたものが見えた。

「どうした？」

「このまま、やられっぱなしでいるのはわたしらしくない、とおもって」

「やられっぱなし？」

「巾着を掏《す》った男たちのことですよ。親分は何かと憎い人だけど、あたしの面倒も見てくれた。旦那の力を借りて、敵討《かたき》ちしたいんですよ」

「敵討ち、とはおだやかではないな」

「いけませんか、町人が敵討ちしちゃ」

「そういうことでは、ない。ただ、命をかけることになる。危ない目にあわせたくない、とおもってな」

「でもね、旦那。仲間を三人も殺されたんだ。鞘番所の前には、もう現れないんじゃないですかね、あいつらは」

「そうかもしれぬ」

「だからね、旦那。わたしが町ん中を、ぶらついたら、近寄ってくるんじゃないかとおもうんですよ」

「襲ってくるかもしれぬな。おそらく生け捕りにして、巾着がどこにあるか聞き出そうとするだろう。うまく捕らえることができたら、お俊を人質に取って巾着と交換しようとするかもしれぬぞ」

「それでもいいじゃありませんか。どちらにしても、あいつらと面《つら》を突き合わせることになります」

「囮《おとり》役を買って出てくれる。その気持はありがたいが、少し考えさせてくれ」

「いますぐでも、いいんですよ。旦那と出会わなきゃ、わたしは、どこかで嬲《なぶ》り殺されてたに違いないんだ。親分の死に様《ざま》を見て、よく、わかりましたよ」

「しかし、な」

　錬蔵がいいかけたのを遮って、

「旦那、わたしは旦那の役に立ちたいんだ。わたしの気持を、わかっておくれよ。こんなことでもしなきゃ、わたしは旦那の役に立てない。そう、おもったんだよ」

「何度かいったはずだ。お俊を守ったのは、それが、おれの務めだからだ。恩に着ることはない」

「旦那、そういうことじゃないんだ。わたしゃ」

「一晩、考えさせてくれ。今夜は、もう休め。いいな、お俊、ひとつしかない大事な命だ。大切にしろ」

　笑みを含んでいい、表戸へ手をかけ、開けた。

「旦那……」

　錬蔵が長屋へ入った後もお俊は未練気に立ち尽くしていたが、大きな溜息をついて、

「旦那、わたしの気持を、わかっておくれよ。命なんか、いらない。ただ旦那の、役に立ちたいんだよ」

　独り言《ご》ちて、歩きだした。

舳先《へさき》に箱形網行灯《あんどん》を置き、大島川から大川へ漕《こ》ぎ出てきた小船が江戸湾へ繰り出し、越中島《えっちゅうじま》近くで碇《いかり》を下ろした。

船頭が煙管《きせる》を取り出して煙草を吸い始めた。煙が海風に揺れて、薄らいで消えた。

三人の男が徳利と肴《さかな》と重箱を真ん中に酒を呑んでいる。ひとりは絽《ろ》の小袖を着流した小粋な出で立ちの、堅気《かたぎ》の商人《あきんど》とも見える四十近くの男だった。あとのふたりは遊び人らしかった。そのひとりの頬に傷があった。勘助に違いなかった。もうひとりは勢五郎だった。

「急ぎの用だと聞いたんで、あんまり、いい話じゃねえなとおもったが、案《あん》の定《じょう》、聞きたくもねえ話だったぜ」

商人風が冷めた目で勘助を見つめた。

「申し訳ねえが、頼りにできるお人が宿《やど》の兄哥《あにい》しかいねえんだ。無理を承知の頼みだ。おれたちの命がかかっている。絵図を描いてくださるお方へのつなぎと絵図を仕上げる仕事料を立て替えてもらいてえんだ」

「立て替える？　貸してくれという話じゃねえのかい」

「すまねえ。貸してほしいんだ。もうすぐ親分が盗みの分け前を払ってくれる。それで返せるはずだ」

「いま、手持ちの金は幾らあるね」

宿の兄哥と呼ばれた男の問いかけに、勘助と勢五郎が懐から巾着を取り出した。口を開けて、逆《さか》さにした。勘助の前に七両と鐚銭《びたせん》少々、勢五郎の前に三両と鐚銭数枚が、落ちた。

「勘助が七両に勢五郎が三両、合わせて十両かい。百五十両は必要だろうって話だぜ。貸す金が多すぎやしねえかい」

「だから無理を承知で、と恥を忍んで頼んでいるんじゃねえか。まだ死にたくねえんだよ。後生《ごしょう》だからよ、兄哥、助けておくれな」

勘助は深々と頭を下げた。

「あっしも、この通り。助けておくんなさい」

勢五郎が手を合わせた。

「おまえたちがいう通り、絵図描きのお方に描いてもらった大事なものを女掏摸《すり》に巾着ごと掏られたとわかりゃ、親分のことだ、日頃のやり口からいって『役立たずはいらねえ。しくじりの落とし前はつけなきゃなるめえよ』と命乞《ご》いしようがかかわりなく、自分の手で叩っ斬られるに違えねえ。何せ一刀流免許皆伝の腕だからな。暇潰《ひまつぶ》しに道場破りに出向かれる親分だ。そこらの町の剣術道場の主なんて相手にならねえほどの業前《わざまえ》。おれたちが束《たば》になってかかっても勝ち目はねえ」

「だからよ、助けておくれな。まだ死にたくねえんだ。頼むよ、兄哥」

普段なら凄みのきく傷のある顔を歪《ゆが》めて気弱な声を出した。

「金は貸してやってもいい。あのお方にも、おれから事情を話して、親分に内緒で新しい絵図を描いてくれ、と頼んでやる」

「ありがてえ、恩に着るぜ」

「すまねえ、宿の兄哥」

ほとんど同時に勘助と勢五郎が声を上げた。

じろり、と商人風がふたりを見据えていった。

「だがな。ただじゃ引き受けねえぜ」

「どんな無理でも聞くぜ」

「いっておくんなさい」

ことばをかぶらせた勘助から勢五郎へと視線を流して、いった。

「勢五郎、おめえのしくじりが因《もと》の話だ。貸した金にお礼がわりの利息をつけな。利息は百両だ。利息は勢五郎、おめえひとりが払うんだ。勘助は、もとはといやあ、おめえの不始末のとばっちりを受けてのことだ。殺された亀次たちもご同様よ。すべては、おめえが背負うべきことじゃねえのかい」

「しかし、利息が百両とはべらぼうすぎる。少し、まけてくれねえかい」

「厭《いや》なら厭でもいいんだぜ。勘助たちはしくじりをつぐなうために、分け前で新しい絵図を描いてもらう依頼料を払うといっています、勢五郎は、親分の気のすむままになさっておくんなさい、と話をすりゃすむことだ」

「……わかったよ。払うよ。くそ、ついてねえや」

商人風は勘助を見やって、告げた。

「店《たな》への出入りは厳禁だ。つなぎは、いままで通り誰かに使いを頼んで文《ふみ》を持ってこさせるようにしてくれ。別宅は義理ある人に貸してある、と周りにいってあるから勝手にしていい」

「わかってるよ。別宅の周りじゃ悪さはしねえよ」

神妙な顔で勘助が身を竦《すく》めた。


翌朝、錬蔵は用部屋にいた。相変わらず三枚の絵図を見据えている。見ていても、何ひとつ思いつかない。が、それでも見つめずにはいられなかった。

(絵図に秘められた謎を読み解けば、一件落着に必ず役に立つ)

とのおもいがある。

戸襖は開け放してあった。廊下から近づいてくる複数の足音が聞こえた。戸襖の陰で、止まったところをみると、どうやら錬蔵に用があるらしい。

「何事だ」

声をかけた。

「前原です。お話ししたいことがあって、お俊と共にまいりました」

「お俊と？」

刹那《せつな》……。

脳裏に昨夜のお俊の、おもいつめた顔が浮かんだ。

まだ四つ（午前十時）前だった。夜を徹したに等しい張り込みをつづけてきた前原である。床のなかで白河夜船《しらかわよふね》を決め込んでいても、おかしくない時刻であった。

その前原が、お俊と共に来ている。話し合って、何やら覚悟を決めてきた、とおもわれた。

顔を向けて、錬蔵が告げた。

「聞こう」

入ってきた前原が向かい合って坐った。お俊が、おずおずと顔をのぞかせ、ぐるりに視線を走らせて、居心地《いごこち》悪げに戸襖のそばに腰を下ろした。

「御支配、せっかくのお俊の申し出、受けるわけにはいきませぬか。私がひそかに警固につき、お俊には指一本触れさせませぬ」

「お俊は鞘番所で匿った者、外へ出し、怪我させたとなれば深川大番屋の恥になること。ましてや囮として働かせ、万が一にも命を落とさせたとなれば恥だけではすまぬぞ。そのような手立てを取らぬと探索がすすめられぬのか、と鞘番所全体が咎めを受けるは必定。おれひとりが責めを負えば、すむというだけの問題ではなくなる。松倉たち同心にも責めが及ぶことになりかねぬ。それに、何よりもお俊の命を守るを第一義とすべきだと、おれはおもう」

「しかし、親分の仇《あだ》を討ちたいとの一心から申し出たこと。お俊のおもいも汲《く》んでやるべきかと」

　視線をお俊に注いで錬蔵がいった。

「死ぬかもしれぬのだぞ」

　お俊は膝で一歩にじり寄って、

「やらせてください。このままでは一生、悔いが残ります。わたしゃ、死んでも死にきれない」

「一生、悔いが残る、か。死んでも死にきれない、と申すか」

「そうです。悔いを残して死ぬのは旦那だって、厭《いや》でございましょう。わたしゃ鼻っ柱の強い、男勝《まさ》りの女で通してきました。弱気な素振りは金輪際《こんりんざい》見せたくありませんのさ」

「どこまでも意地を通したい。それが望みだというのだな」

「わたしゃ、しがない、裏街道を歩く女掏摸だ。でもね、一寸《いっすん》の虫にも五分《ごぶ》の魂。一つしかない命をかけても、引けないことがありますのさ」

腕組みをした錬蔵が目を閉じた。お俊が、さらに一歩にじり寄った。前原が身を乗りだす。

沈黙が流れた。

ややあって、錬蔵が目を見開いた。視線をお俊に据えた。

「囮の役目、果たしてもらおう。覚悟のほど、終世忘れぬ」

頭を下げた。

「旦那、もったいない。頭なんか下げないでおくれ。わたしが役に立てることは、こんなことしかないんだから」

「危ない、とおもったら、まず逃げることを考えてくれ。いいな」

「わかりました」

「前原、警固のやり方は、まかせる。お傻と話し合って、決めてくれ」

「承知しました」

前原は眦《まなじり》を決して顋を引いた。

ふたりが用部屋から立ち去ったのを見届け、錬蔵は小者詰所へ向かった。詰所に残っていた小者に、

「まだ寝ているとおもうが安次郎を起こして、おれが用部屋へ顔を出すようにつたえてくれ。急ぎのことだ、と申し添えてくれ」

と告げた。

用部屋へもどって小半刻（三十分）もせぬうちに安次郎が足音高くやって来た。

開け放した戸襖の陰から、

「急ぎの用だと聞きやしたが」

と声をかけてきた。

「入ってくれ」

向き合って坐った安次郎に錬蔵は、お傻と前原がやってきて、お傻を囮役に仕立

て、深川の町々を歩き回り、張り込んでいた男たちをおびき寄せたいと申し入れて来たこと、その動きを許したことをかいつまんで話した。

「そいつは、危ねえ橋だ。やめさせるわけにはいきませんか」

「実は鞘番所の同心たちにも話していないことだが、昨日、前原が突然、やって来て、裏門を張り込んでいた男ふたりを殺した、といい出したのだ」

「やっぱり、そうですかい。あっしも、そうじゃねえか、と」

「それだけではない。ひとりを責め、夜鴉の重吉一味であることまでは聞き出したそうな」

「あいつらが夜鴉の重吉一味ですって。ほんとですかい」

「うっかり口を滑らせたのだそうだ。それで、くわしく聞き出すべく責めようとしたら逃れようとして抗《あらが》った」

「手に余って、斬っちまったってことですかい」

大きく舌を鳴らした。錬蔵には、その舌打ちが前原の失態を責めているかのように感じられた。安次郎が、つづけた。

「それで前原さんは、お俊の持ちかけた話に乗ったってことですかい」

「そうでない、とはいい切れぬ。前原には、おのれの突っ走ったことで生じた失態を取り返そう、と焦るこころがあるはずだ」

　手に手を取り合って前原の妻女と逐電した男が、お俊に巾着を掏られた優男風の遊び人だとおもわれる、ということを錬蔵はあえて安次郎には話さなかった。

（せめてもの武士の情）

とのおもいがあった。

「夜鴉の重吉一味となれば前原さんひとりでは手に余るかもしれやせん。用心のために、あっしも陰ながら警固することにしやしょう。旦那も、そのおつもりでいらっしゃったんでしょう」

「いつもながら、いい読みだ」

　笑みを含んで錬蔵がいった。

「これだ。これからは軽口はお務めを離れたときだけと、決めておきやしょう」

　生真面目な顔つきで応じ、つづけた。

「ところで、張り込みのことですが、どういたしやしょう」

「当分の間、おれが張り込む。お俊が警固つきで外歩きしている以上、鞘番所におれが居残っている必要はない。油堀の土手で蚊に喰《く》われながら夜を明かすのも夏の、ひとつの楽しみ方かもしれぬでな」

にやり、とした。

昼すぎにお俊が深川大番屋の表門から出ていった。裏門から出て大川の河岸道への路地口の物陰に潜んでいた安次郎が、お俊の後を見え隠れについていく前原を追った。

富岡八幡宮から永代寺の境内へと露店を冷やかしながら、ゆったりとした足取りでお俊が歩いていく。人目につきやすい鳥居近くの茶店の、通りにはみ出して置いてある莫蓙《ござ》を敷いた縁台に腰をかけ、のんびりと茶を呑み、名物の団子《だんご》を食べたりしている。久し振りに外へ出た楽しさを満喫している。傍目《はため》には、そう見えるお俊の様子だった。

が、お俊は周囲に警戒の視線を走らせていた。お俊だけではない。前原も、また一瞬も気を緩めることはなかった。

「お姉ちゃん、早く帰ってきてね」

「お土産《みやげ》、忘れないでね」

と、出かけ間際にお俊にまとわりついていた佐知と俊作の姿が脳裏に焼きついている。

（お俊は佐知や俊作にとって、かけがえのない人になっているのだ）

つくづく思い知らされたものだった。

（子供たちのためにも、お俊に怪我ひとつさせてはならぬ）

とのおもいがある。

木陰に潜んだ前原は、茶店で道行く人たちに視線を投げているお俊をじっと見つめた。

そんな前原を物陰に身を置いた安次郎が見張っている。

（お俊に何かがあれば前原さんは必ず動く。ふたり見張るよりも前原さんひとりに気を配るほうが得策というもの）

そう決めていた。

あちこち歩いたが、その日の夕方までは何事もなかった。

が、陽が落ちて門前仲町などの岡場所に灯《とも》りが点り、局見世《つぼねみせ》の女たちの嬌声が聞こえ始めたころ、どこからともなく現れた男がひとり、お俊の後をつけ始めた。お店者《たなもの》風の出で立ちに変わっているが、鞘番所の表門に張り込んでいた男のひとりに違いなかった。

お俊は鋭い目つきで掏摸の獲物を狙うかのように馬場通りを往《い》き来し始めた。

が、小半刻もしないうちにお俊をつけていた男の姿が見えなくなった。

半刻（一時間）ほど、お俊は馬場通りを行ったり来たりしていたが、つけていた男が現れることはなかった。

（誰もつけてくる者はいない）

見定めたお俊は踵《きびす》を返した。鞘番所へ向かって歩みをすすめる。

そんなお俊を、鞘番所近くの大川の河岸沿いの茶店の奥から見つめている男がいた。勢五郎だった。

お俊が鞘番所の表門へ向かって歩いていった。少し離れて前原がついていく。

「やっぱり、な。付け馬つきの町歩きかい」

薄ら笑いで勢五郎がつぶやいた。

安次郎の姿は、見えなかった。万年橋を渡る前に足を止めた安次郎は、お俊が鞘番所に入っていくのを見届けて、大川の堤近く、俗に〈鞘《さや》〉ともいわれる小船数艘を納めるほどの、小さな御舟蔵の脇に身を潜めた。深川大番屋が〈鞘番所〉と呼ばれるもととなった御舟蔵であった。

お俊は、いずれ鞘番所へもどるとわかっている。尾行している男がいる、と気づい

た安次郎は、その男の姿が消えたとき、

(誰かに知らせに走ったに違いない)

と推《お》し量り、

(深川大番屋の近くで、お俊と前原さんの顔を見知っている男が張り込んでいるに違いない。お俊に警固がついているかどうか、必ずたしかめに来るはずだ)

と判じた。

警固するのが役目の前原はお俊から遠く離れるわけにはいかない。襲って来る者がいたら、すぐにも立ち向かえるところにいなければ任務を果たすことはできないのだった。

(前原さんの存在が気づかれるのは仕方がない)

と安次郎は端《はな》から考えていた。

(あわよくば敵の動きも探る。それもお役目のひとつだ)

との心づもりが慎重な行動を取らせていた。

まもなく前原が鞘番所へ入っていく頃合いであった。

しばしの間が流れた。

身を潜めた安次郎の前の河岸道を優男風の遊び人が永代橋の方へ歩いていく。

その顔に見覚えがあった。

記憶の糸を手繰《たぐ》る。

(引っ越しの日だ)

お俊をつけてきた男たちのなかに、長屋の露地木戸の陰に姿を隠した者がいた。

(あいつだ)

つけよう、として立ち上がった安次郎は、動きを止めた。

(ここ数日のうちに襲って来るはず。そのときにつけても遅くはない)

とおもったからだった。

(今夜つけ回して、気づかれるようなことがあったら二度と姿を現すまい)

とも思案していた。

町家の陰に身を置いた安次郎は、立ち去る優男風の後ろ姿を瞼《まぶた》に刻み込むかのように凝然と見つめつづけた。

二

永代寺門前町の、二十間川の河岸沿いに建ち並ぶ茶屋の灯りが川面に揺れている。

蛤《はまぐり》町と永代寺門前町を区切る摩利支天《まりしてん》横丁を見通せる向かい側の岸辺に、一艘の小船が停泊していた。

小船のなかには、徳利と贅《ぜい》を尽くした肴が載《の》せられた箱膳を前に向かい合う、錬蔵と河水の藤右衛門の姿があった。

艫《とも》に坐り、ぐるりに警戒の視線を走らせている船頭は、富造であった。


七つ（午後四時）を少し回った頃、鞘番所に政吉が訪ねてきた。河水の藤右衛門からの、

〈急に世間話をしたくなりました。小船を仕立てて船遊びで涼を楽しむも一興かと。政吉を迎えに差し向けましたので、ともに暮六つ（午後六時）までに河水楼までおいでいただきたくお願い申し上げます。身勝手、我が儘《まま》な申し出でございますが是非ともおいでいただきたく伏してお願いいたしまする。ただし出で立ちの儀《ぎ》は気楽な、浪人と見紛《まが》う姿が遊びにはふさわしいかと心得ます　河水楼　藤右衛門〉

との書付を持参していた。

世間話と書いてはあるが錬蔵は、

（藤右衛門なりに調べた結果、早急に知らせたいことができたに相違ない）

と推断していた。

「藤右衛門の誘いだ。万難を排しても出向かねばなるまい」

政吉にそう告げた。

「へい。そうなされるが一番か、と」

政吉が意味ありげな薄ら笑いを浮かべた。

その様子から、政吉は藤右衛門の話のなかみを知っている、とおもわれた。

が、

「何かわかったか」

と問うことはなかった。聞いても政吉が素直に応《こた》えるとはかぎらない。おそらく藤右衛門から口止めされているはずであった。

河水楼に着くと藤右衛門が迎えに出てきた。

「永木堀《ながき》に小船を舫《もや》ってあります。ご足労願います」

といい、先に立って歩きだした。

永木堀は永代寺の脇に位置する堀川で十五間川へ通じている。櫓下《やぐら》や門前仲町の茶屋が持ち船を、遊客を乗せてきた船宿の船頭たちがもどってくる客を待って小船を止める、さながら船着き場、ともいうべき場所であった。

錬蔵と藤右衛門を乗せた小船は十五間川から油堀へ出、左へ折れて枝川へ入り松永《まつなが》橋をくぐった。小船が二艘、やっと通れるほどの川幅であった。行き交う小船を、巧《たく》みに櫓《ろ》や棹《さお》を操って、いまにもぶつかるのではないかとおもわれるほど、すれすれの間で行き違い、そのまますすんでいく。富造の船頭ぶりは、なかなかのものであった。

「うまいものだな」

声をかけた錬蔵に、

「なあに、慣れってもんでさ。政吉だって、このくらいは操れまさあ」

とはにかんだ笑みを浮かせた。

元木《もとき》橋、緑《みどり》橋、福島橋、巽《たつみ》橋とつらなる橋をくぐって大島川へ出た。左へすすんで局見世や茶屋が建ち並ぶ石置場の岡場所を左へ見ながら、川筋のまま鉤《かぎ》型に行き、尾《お》張《わり》藩の下屋敷を右へ折れて二十間川へ入った。

小船から永代寺門前町の茶屋の並ぶ河岸道沿いに、多数の小船が横付けされている。

「摩利支天横丁から永代寺門前町へ向かって三軒目に〈酒粋《しゅすい》〉という料理茶屋があり

ます。二代目の主人喜平《あるじきへい》は、先代との折り合いが悪く、十年ほど家を出て行方《ゆくがた》知れずとなっておりましたが、二年ほど前にひょっこりもどってきて先代に詫《わ》びを入れ、板場から修業をしなおすことになりました」

背中に目があるかのように藤右衛門は、永代寺門前町の河岸沿いの道筋を話し始めた。錬蔵の坐るところからは、その景色が、はっきりと見て取れた。傾けたぐい呑みを箱膳に置いて藤右衛門がつづけた。

「この喜平、どこぞで料理の腕を磨いていたのか、板場でみるみる頭角を現し、半年後には喜平を名指しで肴の注文をする客も出てくるほどになりやした。勤めぶりも真面目で人より早く店に出て、最後まで居残って板場の掃除、始末をする。ぐれていた昔が嘘のような変わり振りで先代も大喜びでございました。店の仕切りも覚えさせ、さて、これから父子《おやこ》で店を盛り上げようというときに、先代がぽっくりと心の臓の発作で亡くなりました」

「急死した、とな」

「はい。それこそ、ぽっくり、と。一年前のことでございます」

「喜平とか申したの、酒粋の二代目。その後も変わりはないのか」

「評判は、なかなかのもので。店も前以上に繁盛しております。ただ」

「ただ、とは」

「少し山っ気があるのか。急に思い立って妙なことをしでかしましてな」

「妙なこと？」

「私がそう感じるだけかもしれませぬがな。人によっては商売熱心のあまりの勇み足、と評する茶屋仲間もおりますが」

　そこでことばを切り、藤右衛門はぐい呑みに手を伸ばした。喉の渇きをおぼえたのか一口呑んで、つづけた。

「小船を二艘つくったのでございますよ。店一軒に小船二艘。二艘とも相川《あいかわ》町の河岸沿いにある本宅に船着き場をつくり、舫ってあります。客が船遊びを望むたびに小船を取りに行き、店の前に小船を着ける。相川町は永代寺門前町とは歩いてもすぐ行き着く、さほど離れてはいないところ。それはそれで気にならぬ、といえば、気にするほどもないようなこと。が、一艘だけでも店の前に置けば便利に使えるのに、なんで二艘とも相川町に舫ったのか、どうにも合点がいかない、というのが私の見立てで」

「本宅というと、他に家を持っているのか」

「木場町に別宅を。先代が心配して、年もそろそろ四十になる、近々嫁も迎えねばなるまい、と一年ほど前に普請《ふしん》したばかりで。その別宅に、家を出ていたとき面倒を見てもらった義理ある人の頼みで、数ヶ月ほど江戸見物にやってきた者たちを泊めてやらねばならぬ、といって人相の悪い男たちを入り込ませておりまして。いやはや、どこまで真面目なものか、いささか不審を抱く商売仲間も出てきましてな」

ぐい呑みを口に運んだ手を錬蔵は止めた。

そのまま、置く。藤右衛門のことばに隠された意味を読み取ろうとした。

聞き流したことばがあることに気づいた。問いかけた。

「小船二艘つくった、といわれたが船遊びの客を増やそうとして、やったことではないのか。店の小船が増えれば船遊びの客も増えるであろうに」

「船遊びは初夏から残暑の頃までの商い。寒さの厳しい冬場には、よほど酔狂な客でないかぎり船遊びなどいたしませぬ。炬燵《こたつ》を入れての船遊びは屋形船に限られます。小船では、それもなりませぬ。夏場には足りぬくらいに小船が動きます。も少し小船が欲しい、とおもうくらいが、ほどよいところ」

「そうか。それが商い、というものか」

(二艘も新たに小船をつくった、となれば元を取るのもなかなかだろう)

と錬蔵はおもった。そんな錬蔵の思案を読み取ったかのように藤右衛門が告げた。

「小船といっても、つくるには、かなりの金がかかること。おそらく酒粋の二年分、いやそれ以上の歳月かけて儲《もう》けた金をつぎ込んだのではないかと。これは、私の金勘定で判じたこと、他の商人は、違う勘定の仕方をなされるかもしれませぬが」

「それで商いが成り立つのであろうか」

「よほどの蓄えがない限り、成り立ちますまいよ」

「酒粋には蓄えがあったのではないか」

「さあて、他所様《よそさま》の懐具合は私にはわかりかねますが、噂で計れば、それほどの蓄えがあったとは、とてもおもえませぬな」

にやり、とした。意味ありげな笑いだった。

「そうか。算盤《そろばん》に合わぬことをやった、ということか」

錬蔵はぐい呑みを手に取り、呑んだ。藤右衛門を見つめて、さらに問いかけた。

「商いのことはわからぬ。酒粋の喜平が為したことは、商いの常道から大きくはずれていることとなのか」

「私の商いの信条から見れば、大きくはずれた、商人らしからぬ動き、としかいえませぬな。商いの儲けは、泡銭《あぶくぜに》を手にしているかに見える、女の躰を売り物にする局見世といえども、傍でおもうほどには儲からぬもの。建物は使えば壊れる。女もつねに入れ替えねばならない。入れ替えるためには商いにならない女をどこぞの遊里へ売りつけ、新しい女を買い付けなければならない。女の売り買いは、売値より買値のほうが高いのが相場。算盤を弾《はじ》いていくと、噂ほど、ぼろ儲けできる商いではないことがわかります。新しく何かをつくる、ということは賭けでございます。まずはひとつをつくり、儲けの具合を見て、よければ、さらにもうひとつ、と重ねていくのが商いというもの」

錬蔵をじっと見つめて、いった。

「……藤右衛門。耳寄りな世間話を聞かせてもらった。心遣い、痛み入る」

頭を下げた。

「とんでもない。この深川で、何やらおかしげな話が聞こえてきますと気になります。何よりも、深川が危ない場所かのようにおもわれては客足も遠のきまする。それが気がかりなだけでございますよ」

満面に笑みを浮かべてつづけた。

「さっ、これよりは、ただの無駄話。川風に吹かれながら深川の堀川をぐるりと回っての船遊びを楽しみましょうぞ。深川が、いかに堀川に区切られた土地《ところ》か、川面から眺めて見るのも、また違った景色が楽しめるというもの」

艫《とも》を振り返って、告げた。

「富造、ぐるりと深川の川筋の主立《おも》ったところを一回り、一汗かいておくれ」

「わかりやした」

立ち上がった富造が櫓を手にして漕ぎ出した。

酒粋の前を通りすぎる。河岸に横付けされた小船に、数人の芸者をつれた客が酒粋から出てきて乗り込むところだった。おそらく、その小船は酒粋の持ち船なのだろう。

横目でさりげなく見やった錬蔵に、藤右衛門がうなずいてみせた。

〈あの小船が酒粋の持ち船だ〉

と告げているのだ。

十五間川から平野川へ出、木場の貯木池を三十三間堂町の河岸沿いにすすんで吉永《よしなが》町、久永《ひさなが》町へと回り横川から小名木川へ抜けた。小名木川沿いに行くと右手に鞘番所がみえる。川面から見上げる深川大番屋は通りから見るかたちとは違うものに感じられた。万年橋をくぐり、左手にある小船を納める御舟蔵を見て大川へ出、上ノ橋を仙台堀へ入った。寺町と蛤町の間を流れる江川から江川橋をくぐって油堀へ出、亥《い》の口《くち》橋のかかる入り堀へ入ると永代寺門前仲町であった。

河岸道に上がった錬蔵に、小船に乗ったまま藤右衛門が声をかけた。

「私めはこれより永代寺門前東仲町の店へ顔を出さねばなりませぬ。今宵はこれにて、お別れいたします」

と頭を下げた。

「世話をかけた」

同じく頭を下げた錬蔵に笑みを返して、藤右衛門が小船に腰を下ろした。富造に顎をしゃくる。

うなずいた富造が手にした棹で土手を突いた。小船が水面を滑《すべ》った。

入り堀から油堀へと遠ざかった小船が右手に折れ、視界から消え去るまで錬蔵は見送っていた。

油堀は下ノ橋の張り込む場所へ錬蔵は急いだ。すでに張り込みを始めると決めていた刻限を一刻（二時間）近く過ぎ去っている。夜鴉の重吉一味が動き出すには、まだ間があるとおもえた。が、気が急《せ》いているのか、一色《いっしき》町、加賀《かが》町、佐賀《さが》町とすすむうちに、いつのまにか急ぎ足になっていた。

下ノ橋のたもとに立って、手前と向こう岸を見比べた。ひとりで見張るのにどちらが大川の左右と油堀の河口を見やすいか、あらためるためであった。

向こう岸を見やった錬蔵の目が細められた。凝然と見直す。大川沿いの土手に坐っている町人の後ろ姿に見覚えがあった。

いるはずのない男の姿だった。

下ノ橋を渡った錬蔵は男に近づいていく。気配に気づいたのか、男が振り返った。

その顔は、まぎれもなく安次郎のものだった。

「旦那、遅いじゃねえですか。どこで道草喰《く》ってたんです。夜鴉が、かあっ、と鳴いて浅草の方へ飛んでいきましたぜ」

にやり、とした。

「河水の藤右衛門から急な呼び出しが、かかってな。それで、遅れた」

「河水の親方から、呼び出されたんですかい。そりゃあ大変《てえへん》なこった」

それが、どれほど、

〈大変なこと〉

なのか、安次郎がことばを添えた。

「河水の親方が人と親しく口をきくことは滅多にねえ。声をかけられただけでも嬉しいことだと、深川の岡場所で働く者はみんな、そうおもっている、深川じゃ三本の指にはいる大顔役ですぜ。それもただの顔役じゃねえ。決してあくどいことはしない情け深いお人だ。それが旦那とは、気が合ったのか親しくなさる。男が男に惚れ込んだ、としかおもえねえ。惚れ込んだのは、おれも同じだ」

得意げに鼻をうごめかして、いった。

「ということは、おれの眼力もまんざらじゃねえ、ということになりやすね」

苦笑いして錬蔵が応じた。

「買いかぶりもいい加減にしろ。それより」

真顔《まがお》にもどって、いった。

「顔を出さなくてもいいところに出かけてきたんだ。それなりの理由《わけ》があってのことじゃねえのかい」

「旦那ひとりに張り込みをさせるのが可哀想だ。少しでも役に立ちたい一心で来たんでさ、といいたいところだが、そればかりじゃねえんで。鞘番所を張り込んでいた男たちの残党が現れたんでさ」

「ほんとか」

「表門の前で張り込んでいた奴でさ」

「表門で」

背中を丸めて新大橋を脱兎《だつと》の如く走り去る男の姿を思い浮かべた。

「頬に傷のある男は姿を見せなかったのか」

「見ませんでしたね。途中で表門を張り込んでいた野郎の姿が見えなくなった。おそらくお俊は鞘番所へもどるだろう、と奴らも踏んでいるとおもったんで、あっしは、万年橋の手前、御舟蔵のそばに身を潜めて様子を窺っていたんでさ。そしたら」

「現れたのか」

「へい。先回りして茶店の奥ででも見張ってたんでしょう。前原さんの引っ越しのとき、長屋で見かけた優男風の遊び人が、大川の土手道を永代橋の方へ歩いていきやしたぜ。どうせ明日も襲撃の機を窺って、姿を現すに違いねえ。そうおもって後はつけませんでした」

「それでいい。おれにも話したいことがある」

船遊びを装って河水の藤右衛門が、いま深川で胡乱《うろん》な動きを見せている料理茶屋〈酒粋〉の二代目、喜平について教えてくれたことを話して聞かせた。

「いわれてみりゃ、河水の親方のいう通りだ。儲けも考えずに同時に小船を二艘もつくるなんざあ、ふつうじゃありませんや」

「そこで、だ。明日から、酒粋を張り込んでもらいたい。気にかかる客がいたら、どこの誰か、たしかめてほしいのよ」

「お俊の警固は、どうしやす。小幡さんあたりに頼みやすかい。若いが動きがいいし、何より素直で気取りがないのがいい」

「おれが、つける。前原が、どんな動きをするかわからぬ」

優男風の男が動いているという。

(前原が、そ奴と出会ったら逆上して何を為すかわからぬ)

とおもったからだった。

「わかりやした。明日からは、そういう段取りにしやしょう。酒粋を張り込むとなると昼の間はゆっくり休める。今夜は最後までお付きあいしますぜ」

「すまぬな。おれは向こう岸で張り込む」

錬蔵が立ち上がった。

三

油堀は下ノ橋近くの土手で張り込みつづけたが、特に変わったことは見いだせなかった。ただ、さすがに四つ(午後十時)を過ぎると船遊びに出ている小船は極端に少なくなった。九つ(深夜零時)近くになると小船は数えるほどである。

日付が変わると、客が釣り糸を垂れている、いわゆる夜釣りを楽しむ小船が増え、酒盛りをしている船遊びの小船は、みるみるうちに引きあげていった。九つ過ぎまで船遊びをしているのは茶屋へ上がり込んで、相方の芸者か女郎と床を共にして、しっぽりと一濡れする気の、端《はな》から泊まりがけのつもりで来た客なのだろう。

その様子を見て錬蔵は、

（夜鴉の重吉一味は夜釣りを装って大川へ繰り出していくのではないか）

とおもいはじめた。

夜釣りなら魚の釣れるよりよい漁場を求めて大川を遡《さかのぼ》っても、誰も不思議におもわない。釣りに道具は付きものである。釣り竿をつつんだ菰《こも》に脇差を忍ばせても遠目には、そこに釣り具以外のものが入っているとはわからないだろう。

釣りには、ほとんどの場合、船宿の小船が使われる。茶屋の持ち船が使われることは、まず、ない。

不意に、藤右衛門のことばが甦《よみがえ》り、耳朶《じだ》を打った。

——二艘とも相川町の河岸沿いにある本宅に船着き場をつくり、舫ってあります。客が船遊びを望むたびに小船を取りに行き、店の前に小船を着ける。相川町は永代寺門前町とは歩いてもすぐ行き着く、さほど離れてはいないところ。それはそれで気に

ならぬ、といえば、気にするほどもないようなこと

いま錬蔵は、二艘とも店と離れた本宅の船着き場に舫ってある、ということに引っ掛かるものを覚えていた。

船着き場が本宅にあるということは、繋留《けいりゆう》してある小船を店の誰にも気づかれることなく勝手に使うことができるのではないか。

（夜釣りに擬《ぎ》して小船を使うことも、いとも簡単にできるはず）

とのおもいが錬蔵に生じていた。

（酒粋の二代目、喜平の身辺を探る必要がある）

同心のうちの誰に探らせるか、と思案したが、いずれも深川では顔が知れ渡っていることと、いわゆる、

〈十手片手に御用風を吹かす〉

ことに慣れてしまっていて、町人の身辺を密かに探ることには適していないようにおもわれた。松倉たちが使っている岡っ引きたちも似たようなものであった。

（おれが、やるしか、あるまい）

町人の探索には向いている安次郎と前原は、別の任務についている。ふたつの探索を同時にすすめるなど無理なことと、おもえた。張り込みを終え、長屋へもどった錬

蔵は床に入るや泥のように眠った。

目覚めたのは五つ（午前八時）だった。時の鐘が鳴り終わるまで床のなかに横になっていた。いつもより一刻半（三時間）ほど寝坊をしたことになる。

起き上がった錬蔵は稽古《けいこ》着を着込んで井戸端へ出た。顔を洗ってから、真剣の打ち振りをつづけた。いつもは少なくとも半刻は行う打ち振りだったが、この日は小半刻ほどで終えた。

昨夜、帰ってくるなり安次郎が、

——手を抜かせてもらって朝は握り飯ということに

といって台所に立ち、つくってくれた握り飯ふたつと沢庵《たくあん》四切れを口にした。

安次郎は、まだ鼾《いびき》をかいて寝入っている。よほど疲れているのだろう。錬蔵は、できるだけ物音を立てないように振る舞った。小袖に着替え、足音を忍ばせて土間に下り、表戸を開けた。

用部屋に着いた錬蔵は文机に置かれた書付を手に取った。松倉が同心たちから聞き取ってまとめた一昨夜分の復申書には、

〈船遊びの小船に、とくに気になることは見うけられませぬ〉

と記してあった。松倉孫兵衛、溝口半四郎、八木周助、小幡欣作と四人の名が列記してあるところをみると、

〈張り込みの結果は、みな同じ〉

という意味なのだろう。

松倉たちと違って、夜のうちに深川大番屋に帰った前原からの復申書がないということは、顔を出して報告するつもりなのかもしれない。

（昼過ぎにはお俊と共に出かけるはず。昼前までに来なければ声をかけて呼ぶしかあるまい）

そうおもって町役人からの届出書に目を通し始めたとき、戸襖の陰から声がかかった。

「前原です。入ります」

応える前に入って来て、錬蔵に向かい合って坐った。

「出たか。夜鴉一味は？」

「お店者風に姿を変えておりましたが表門を張り込んでいた男がお俊を見いだして、つけてきました。富岡八幡宮前の茶店の縁台に『できるだけ目立つように』と、お俊にいい含めて、しばらく坐らせておりましたところ、その後から尾行が始まりまし

た。しかし……」

「しかし、どうした？」

「私が警固についているのに気づいたのか、途中で姿が見えなくなりました。未熟な尾行をしたのかもしれませぬ。いまだ同心を務めていた頃のようには、いきませぬ。探索、尾行の勘所を取り戻すには、かなり時間《とき》がかかりそうです」

　小さく溜息をついた。

　尾行に気づかれたのではない。お俊が鞘番所にもどってくるのはわかっている。それで尾行を取りやめて先回りし、鞘番所近くで待ち伏せして、

〈お俊に警固がついているかどうか〉

　たしかめたのだ、と教えてやりたい衝動にかられた。

　が、錬蔵は、そのことを口にしなかった。話せば、安次郎を第二の警固役につけたことを告げなければならなくなる。前原を傷つけることになるのはあきらかであった。

「いずれ探索の勘はもどる。手を抜かぬ。それだけを心がけて動いておれば、何とか形はつくものだ」

「役目をおろそかにしているつもりはありませぬ。昔のように動けぬのが、ただ歯痒《はがゆ》

いのです」

無念気に顔を歪めた。

錬蔵はじっと見つめて、告げた。

「お俊と出かける前に声をかけてくれ。大事な時だ。細かくつなぎを取り合ったほうがいい、とおもう。それまでに、おれが何か、よき案をおもいつくかもしれぬでな」

「承知しました」

硬い表情で顎を引いた。

「出かけます」

半刻ほどして前原が顔を出した。

「抜かりなく、な」

そう応えた錬蔵は、前原が立ち去ったのを見届け、かねて用意しておいた小袖に着替え、大小を腰に差し、深編笠を手に取った。

裏門へ急ぎ、小名木川の河岸道へ回った。

万年橋を前原が渡って行くのが見えた。その後をつけていく遊び人風がいた。錬蔵が取り逃がした、足の速い男だった。後をつけようと歩きだした錬蔵が動きを止めた。道行く数人ほどを間にはさんで、ついていく優男風が見えた。その後ろへ目を向けると頬に傷のある男と見覚えのある男がふたり、水茶屋から出てきた。優男風の後を追って、歩きだす。片割れは表門を見張っていたひとりだった。

（四人か）

すでに三人、前原に殺されている。夜鴉の重吉一味の総勢が何人いるかわからぬが、もし優男風が巾着を掏《す》られたときに一緒にいた男たちだけで行動しているとすれば、

（これですべて頭数はそろったはず）

と、みた。

錬蔵は、

（夜鴉の重吉が襲撃にくわわることは絶対にない）

と断じていた。

押込みのやり口から見て、夜鴉の重吉は冷酷非情な気質の持ち主に違いない。いままで何度かの押込みに何の手がかりも残していない。

〈盗みに入ったところの家人、奉公人を皆殺しにしているのだ。手がかりが残るはずがない〉

とおもう者がほとんどだろう。が、錬蔵の判断は違っていた。

（一味が鉄の規律によって締めつけられているから密事が漏れないのだ）

長年、探索に従事してきた者だからこそ摑み得たことであった。

〈鉄の規律〉

とは、すなわち、

〈しくじりや裏切りには死をもって報いる〉

との夜鴉の重吉の冷徹なやり口が、

〈手がかりひとつ残さない〉

結果となって現れているのだ。

お俊が掏り取った巾着に入っていた三枚の絵図。それらの絵図の謎はまだ解けていない。が、その絵図を奪われたことは男たちにとって、まさしく、

〈死〉

を意味するに等しいことに相違ない。それだからこそ、

〈異常なほどのしつこさ〉

でお俊を狙いつづけているのだ。

頰に傷のある男たちの後をつけながら、

（襲撃は間近に迫っている）

そう推断していた。

二十間川の河岸道を遊びに来た男たちがそぞろ歩いている。つらなる茶屋の軒行灯《のきあんどん》に灯りが点り、座敷へ向かう芸者の姿が、あちこちに見うけられた。

すでに山陰に沈んだ夕日が暮れなずむ空に茜《あかね》色の尾を引いて、陽光の名残をつたえている。

もうすぐ夜の帳《とばり》が町々に下りてくる頃合いであった。

水桶を持った仲居が酒粋の店先に水を撒《ま》き終えて、なかへ消えた。駕籠《かご》で乗りつけた大店の主と見える男を仲居が出迎え、手も取らんばかりにして店へ導き入れている。

よく見られる岡場所の幕開けの景色が、そこにあった。

茶屋町の華《はな》やかな様子とは裏腹に向こう岸にある松平家下屋敷から越中島にかけての一画は、そこだけ置き忘れられたかのような燈火ひとつない、闇につつまれていた。

そんな暗がりへ向かって石崎《いしざき》橋が架かっている。石崎橋のたもとの下、一本目の橋脚近くの土手に坐っている男がいた。

安次郎であった。

ぐるりを見渡して、つぶやいた。

「お薦《こも》さんみたいだが、ここにいりゃあ人目につくことは、まずあるめえ。じっくりと張り込みをつづけられそうだぜ」

不敵な笑みを浮かべて、川向こうにある酒粋を見据えた。

鞘番所を出たお俊はまず茶店で休んだ後、境内を抜け、富岡八幡宮にお参りをした。

あちこちをぶらり、ぶらりと歩き回ったお俊を前原がつけ回し、三段構えに尾行する優男風たちがつづいた。

やがてお俊は江《え》ノ島《しま》橋を渡り、洲崎弁天に詣《もう》でた。海沿いに茶店が建ち並んでいる。おいしい魚を食べさせてくれる料理屋や料理茶屋も境内に散在していた。そのうちの、海沿いに建つ料理屋にお俊は入っていった。早めの夕餉でも済ますつもりらしかった。前原も、その料理屋へ入った。

つけてきた男たちは、料理屋の客の出入りを見張れる場所に、それこそ、おもいおもいに身を隠した。錬蔵は境内の外にある波除碑《なみよけひ》の陰に身を置いた。そこからだと料理屋から出てくるお俊と、前原、男たちが現れたときには、その姿も見ることができる。

夜の闇が深さを増してきた。

料理屋の燈火だけが、薄ぼんやりと店々を浮かせている。

小半刻ほどして、お俊が出てきた。しばし、立ち止まって首を傾《かし》げ、何やら思案していたが、ゆっくりと歩きだした。

その瞬間、お俊は、まさしく、ひとりになっていた。

その機を狙っていたのか、四つの黒い影がお俊へ向かって走った。金縛《かなしば》りにあったかのように棒立ちになったお俊に手が届く近さまで迫ったとき、近くに立つ松の老木の後ろから閃光《せんこう》が燦《きら》めき、男たちを襲った。

石碑の背後から躍《おど》り出た錬蔵は、走って裏門の門柱に身を寄せた。刀の鯉口《こいぐち》を切る。柄《つか》に手をかけ、油断なく見据えた。

突然、呻《うめ》き声がして男がひとり、よろけた。腕を押さえている。おそらく一太刀受けたのだろう。

「野郎、やっぱり出てきやがったな」

頬に傷のある男が叫んだ。その手に匕首《あいくち》が握られていた。

「女を守るのが、仕事でな」

お俊を背後にかばい大刀を正眼に置いて前原が応じた。

「格好つけんじゃねえよ、前原の旦那」

声がかかった。

「その声は、勢吉」

匕首を手に薄ら笑いを浮かべた勢吉が一歩前にすすみ出た。

「勢吉とは仮の名よ。実の名を勢五郎。渡世仲間には潜り身の勢、と二つ名で呼ばれている」

「勢五郎か。今夜こそ息の根を止めてやる」

一歩前に出た。わずかだが、お俊と離れた。

それを見て、勢五郎が半歩後退《あとじさ》った。

「てめえの女房をおれに寝取られた、甲斐性《かいしょう》無し野郎が、威勢のいいことを、いうじゃねえか」

「おのれ、許さぬ」

声音に悔しさが籠《こ》もった。さらに半歩迫ったとき、お俊が声高に呼びかけた。

「ほんとかい、前原さん。その野郎がいったことは。ほんとに、おかみさんを」

いいかけてことばを呑み込んだ。

背中を向けたまま、応えた。

「そうだ。おれは妻をこの男に寝取られたのだ」

「それじゃ、おかみさんを寝取られた怨みを晴らそうとして、こいつらを追いつづけたんだね」

「そうだ。その通りだ。おれは妻に惚れていた。いまでも忘れられぬ。その妻は、息を引き取る間際まで、こ奴の名を呼んだ」

「それほどまでに、あの子たちのおっ母さんを、いまでも、おもって。馬鹿だよ。そんな不実な女をいつまでも、未練に、おもいつづけて」

「おれは、しょせん未練者だ。正真正銘《しょうしんしょうめい》の、かすなのだ」

せせら笑った勢五郎が、

「おめえの女房は、おれに抱かれて随喜《ずいき》の涙を、何度も流したものだぜ。『こんなおもいは、はじめて。いい、いい』って腰を振って、悶《もだ》えて、喘《あえ》いで、のた打って、よ。見せたかったぜ、あの、よがり具合をよう」

「黙れ」

半歩踏み込み、袈裟《けさ》懸《が》けに刀を振るった。

勢五郎が後ろへ飛んで、さらに、嘲笑った。

「『こんないいのは、はじめて。もっと、もっと。いい、いい』って甲高《かん》い声を上げて、歓喜してよ」

「おのれ」

さらに迫った。じりじりと迫った分、お俊との間があいた。

刹那……。

身軽な動きで錬蔵から逃げ去った男がお俊に飛びかかった。

逃れようと背を向けた、お俊の手を男が摑んだそのとき、大きく呻いて、男がよろけた。肩を押さえて、うずくまる。

大刀を下げた前原がお俊に駆け寄り、背後にかばった。

「前原さん、怨みは、怨みを晴らさないでもいいのかい」

「おまえを守るのがおれの務めだ。それと」

「それと？」

「佐知と俊作に、おまえを無事に連れて帰る、怪我ひとつ負わせることはない、と約束した」

「それじゃ、ふたりのためにも、ふたりの御子のためにも、わたしを守ると」

「そうだ。怨みなど、もはや、どうでもいい」

腕を押さえた男を勢五郎が、肩を押さえた男を傷のある男が抱きかかえた。

「野郎。絶対、あきらめねえ。この落とし前、必ず、つけずにはおかねえ」

勢五郎が捨て台詞《ぜりふ》を発する前に傷のある男は、すでに逃げ出していた。あわてて勢五郎が後を追った。

錬蔵も、門柱から離れていた。塀代わりの柵に沿って後退り、闇のなかに歩き去った。

前原が大刀を鞘に納めて、いった。

「捕らえるつもりだったが、どうも、おれの力が足りなかったようだ。お俊さんを守るのが精一杯だったよ」

微笑《ほほえ》んだ。

「前原さん……」

お俊の目に潤むものがあった。

「もどるか、鞘番所に」

背を向けた前原は、そのことに気づいていない。

石崎橋の橋下から安次郎は顔をのぞかせている。いましがた四つ（午後十時）の時鐘が鳴り終わったばかりだった。

値の張りそうな羽織を羽織った男が三十半《なか》ばの武士に頭を下げている。仲居たちの物腰から見て、

（羽織の男は酒粋の主人に間違いねえ）

と断じた。武士に対する主人の態度に、極上の客に対するもの以上の丁重さを見て取った安次郎は首を捻《ひね》った。出で立ちから見て武士が大身の者とはおもえなかったからだ。客を品定めする目には自信があった。男芸者として座敷へ出ていた頃に、反吐《へど》が出るほど見聞し培《つちか》ったものだった。

「気になる奴を見いだしたら、後をつけろ、と仰有ってたな」

身軽に立ち上がった安次郎は、酒粋からは死角になる反対側の橋のたもとへと土手を上った。酔っているのか、いささか千鳥足《ちどりあし》で武士が歩いていく。石崎橋を渡った安次郎は、ゆったりとした足取りで後をつけはじめた。

四

「それで、そいつが帰って行った先が、どこだとおもいやす」

意味深な笑みを浮かべて安次郎が錬蔵を見た。

長屋へもどってきてすぐに声をかけ、座敷に入ってきて酒粋の張り込みの復申を始めたのだった。

「そのいいようでは、予期せぬところのようだな」

「へい」

にやり、とした。

「もったいぶらずにいえ」

身を乗りだして安次郎が、

「旦那、驚いちゃいけやせんぜ。入って行ったのは御船手《おふなて》屋敷でさ」

「御船手方の？」

「あっしが見るところじゃ、御船手方の水主《かこ》同心じゃねえかと」

「水主同心だと。どうしてわかる」

「出で立ちでさ。客の懐具合を計るのが、男芸者の商いの手立てのひとつで」

「そうか。出で立ちで客あしらいも変わるか」

「色里では、目の前の、その時だけのことでしか相手を見極められません。景気のいいときと悪いときでは出で立ちも顔つきも変わります。今日の分限者《ぶげんしゃ》が明日も分限者でいるとはかぎりません」

「見極めを誤れば大損をすることになる。そういうことか」

「へい。銭のないものに掛け売りはできません。取り立てることができなくなります。無い袖は振れぬ、でございます」

「水主同心か」

不意に三枚の絵図のことが脳裏に浮かんだ。水主同心なら絵図の謎を解くことが出来るかもしれない。

「安次郎、明日、おれと一緒に御船手屋敷へ行ってくれ」

「顔あらためというわけですかい」

「それも、ある」

「ほかにも、何か」

「水主同心の佐々木《ささき》礼助《れいすけ》殿の知恵を借りたいこともあってな。昼前には出かけたい。

「わかりやした。寝る間がなくなる。申し訳ないが休ませてもらいやす」

そのつもりでな」

安次郎が立ち上がった。

翌朝、用部屋に錬蔵が出向くと、すでに前原が前の廊下に座していた。

足音に気づいて振り向いた。

「御支配、急ぎ申し上げねばならぬことが」

「聞こう」

と戸襖に手をかけた。

戸襖を開け放したまま、ふたりは向き合って坐った。

「頬に傷のある男たちが襲ってきました」

「それで」

素知らぬ顔で問いかけた。

「お俊を守るが精一杯でございました。男たちの誰ぞを捕らえるつもりでいましたが、為し得ませんでした」

「お俊に怪我はなかったのだな」

「ありませぬ」

「なら、上々の首尾だ」

「上々の首尾、でしょうか」

「そうだ。男たちが襲ってきた。三人も仲間を失っているのだぞ。それだけ重要なものを、お俊に掏られた、ということになる。重要なもの、それは、巾着に入っていた何か、ということになる。どう考えても」

錬蔵は懐から優男風の巾着を取り出した。いままでは、どこへ行くにも持ち歩いている。どこぞに置いて、失うようなことがあれば取り返しがつかぬ、とおもってのことであった。

「それは」

「お俊が掏った巾着だ。これを見ろ」

巾着を開き、三枚の絵図を取り出して、ふたりの間に並べた。

「これは？」

「おそらく何かの判じ物であろう」

「ただ太さの違う縦横の線が引いてあるだけの絵図。三枚とも模様が違うようですが。何を意味しているのでございましょうか」

「それが、まだ謎が解けぬのだ」

三枚の絵図を大事そうに折り畳み、巾着におさめて、告げた。

「外歩きは当分許さぬ。おとなしく、ふたりの子の面倒でも見ておれ、と御支配は、きつい物言いであったとでも、お俊につたえてくれ。そのくらいのことでもいわぬと、まだ囮役をつづけるなどといい出しかねぬからな」

錬蔵の顔に笑みがあった。

「しっかりと、つたえまする。子供たちも遊び相手ができて喜ぶはず」

「そのことよ。それが、何よりだ」

姿勢をただした前原が、

「今夜から、油堀河口の張り込みにもどります」

深々と頭を下げた。

早めに用部屋へ顔を出した安次郎と共に錬蔵は御船手屋敷へ向かった。

鉄砲洲《てっぽうず》の御船手屋敷に着いたときには九つ（深夜零時）を大きく回っていた。

水主同心、佐々木礼助への取り次ぎを頼むと、同心詰所へ走った門番と共に急ぎ足で出てきた。

「深川大番屋の御支配みずから、急なお出ましとは何事ですかな」

「佐々木殿の知恵を拝借したいことができましてな」

「ほう。身共《みども》で役に立つことであれば、いくらでも無い知恵をしぼりますが」

「見ていただきたいものがござる」

「空《あ》いている座敷を手配しましょう。それまで」

「待つのは、同心詰所で結構。それとも皆さま、お揃いでご迷惑ですかな」

「同心一同、雁首《がんくび》を揃えておりますが、しょっちゅう誰かが訪ねてきているようなところ、気にいたす者もおりますまい。よろしければ、どうぞ」

先に立って歩きだした。つづいた錬蔵の耳もとで安次郎が囁《ささや》いた。

「みんな揃っている、と仰有ってましたね。さすが旦那だ、ああいう聞き方をすりゃ、知りたいこたえが返ってくるんですね」

無言で錬蔵が、うなずいた。


同心詰所には十数人の同心がいた。板敷の間の上がり端の一隅に錬蔵は腰をかけた。安次郎は、立ったまま同心たちに視線を走らせている。佐々木は、ふたりを案内するなり空いている座敷の手配に、いそいそと詰所から出て行っていた。

「いましたぜ」

にやり、として安次郎が顔を寄せた。

「読みが当たったようだな」

「まさしく図星。怖いくらいで」

立ち上がった錬蔵が、

「どいつだ」

「奥の壁際で文机に向かって、何か書き物をしているお人で」

無言で見つめた錬蔵に声がかかった。

「座敷の手配ができました」

振り向くと佐々木が近くに立っていた。

歩み寄った錬蔵が、書き物をしている同心を振り返っていった。

「あの、奥の壁際で書き物をされているお人は」

見やった佐々木が、

「ああ。伊藤《いとう》でござるか」

「伊藤、何と」

「伊藤吉太郎《きちたろう》、と申すが、何か」

「いえ、深川のどこぞで見かけたような気がして」

佐々木が渋面をつくった。

「おそらく、見かけられたのでござろうよ。あの伊藤吉太郎、ここ数年、ちょくちょく御船手屋敷を抜け出しては頻繁に岡場所へ出かけているという悪評が立っておる。船が沈むは嵐の日ばかりではない。波の荒れようで、運悪く遭難することもある。いつ何時《なんどき》、お役目の声がかかるかわからぬのが我ら水主同心だ。それが、夜とはいえ、どこにいるかわからぬでは、まずい。実にまずい」

「人違いかもしれぬが」

取りなす口調でいった錬蔵に、

「気遣いは無用にされたい。伊藤には、何かと腹立たしいおもいをさせられているのです」

不快げに吐き捨てて、先に立って歩きだした。目配せし合って錬蔵と安次郎がつづいた。

日頃は接見の間に使われているという座敷に、佐々木と錬蔵は向かい合って坐っていた。安次郎は戸襖のそばに控えている。

錬蔵が間に置いた三枚の絵図を見つめるなり佐々木は、

「これは」

と呻いて、黙り込んだ。

身を乗りだして、絵図を見据えている。

顔を上げた。その顔に、ただならぬ気配があった。

「これを、どこで手に入れられた」

「顔見知りの女掏摸《すり》が遊び人風の優男から掏り取ったものでござる」

「女掏摸が顔見知りとは、さすがに岡場所を取り仕切る深川大番屋の御支配様ならではのことでございますな」

妙な感心の仕方をして、絵図の一枚を手に取った。

「この絵図に引かれた縦横の線は水路を表したものでござる」

「何と、線が水路を表していると」

「水先絵図と申してな。我ら水主同心につたわる、船のすすむべき道筋を示したものでござる」

「水先絵図は、水主同心しか描かぬものでござるか」

「将軍家や高貴なお方たちのお乗りになる船を操るのも、御船手方の役向きのひとつでござる。不穏な企《たくら》みをめぐらす輩《やから》がおらぬとはかぎりませぬ。何事にも用心が肝心。そのためにはすすむべき航路を、そのまま描くのではなく、見ただけでは意味が読み取れぬ判じ物として描くことこそ肝要。御船手方の者だけにつたわるようにつくり上げたのが、この水先絵図でござる」

「読み解くには、どうすればよろしいので」

「読み解く手立てでござるか。御船手方以外の者には教えてはならぬ、との定めがござっての」

「巾着の持ち主は、凶盗、夜鴉の重吉一味であることが判明しておりまする。押し込んだ大店や屋敷の家人、奉公人を皆殺しにし、金子を洗いざらい奪っていく兇悪無惨な奴ばら。何としても捕らえねばなりませぬ」

「凶盗、夜鴉の重吉一味の者が所持していた、となると、これは」

首を捻った。

佐々木が、うむ、と大きくうなずいた。おのれを無理矢理、得心させたかのような所作であった。

「相手が、大滝様であれば、読み解く手立てをお教えしても、まず間違いあるまい。凶盗拿捕《だほ》の一助にもなること。ただし」

「ただし」

「他言無用に願いたい。それと、手先の方を信用せぬわけではないが、まずはお人払いを」

「承知仕った」

振り向いて、告げた。

「安次郎、すまぬが座をはずしてくれぬか」

「わかりやした」

安次郎が戸襖を開けて出て行った。

戸襖が閉められたのを見届けて佐々木が錬蔵に顔を寄せた。

「この水先絵図は大川、隅田《すみだ》川と、それらに注ぎ込む堀川を描いたものでござる。太い線は大きな川、すなわち両国橋より上流は隅田川、荒《あら》川と名を変える大川を表したもの」

「太い線は大川」

絵図を指さした佐々木が、

「右手に描かれているのは深川の堀川ですな。一番上の線は竪川」

「竪川ですと」

「左様。下から数えて六本目。すなわち竪川」

「しかし、竪川から江戸湾の間にある堀川は五本。引かれた線は六本でござる」

まじまじと錬蔵の顔を見つめて、佐々木が告げた。

「江戸湾もれっきとした水路のひとつでござる」

驚愕が錬蔵を襲った。

「それは、たしかに……」

堀川にばかり気を取られていた。江戸湾が、れっきとした水路であることは、千石船《せんごくぶね》を操って諸国をめぐる檜垣廻船《ひがきかいせん》などの例をみてもあきらかであった。

太い線の左側を示して佐々木がつづけた。

「二十四本、線が引かれております。一番下は江戸湾、下から二番目の線は増上寺《ぞうじょうじ》山内《さんない》沿いを流れる古川《ふる》」

「古川」

おもわず呻いていた。古川から数えていくと江戸湾を一本として二十四本の線になるのだろう。錬蔵は鞘番所へもどったら、もう一度、江戸大絵図をあらためてみようとおもった。

「中ほどの太さの線がござるが、それは」

「往路復路とも同じ水路をたどるという意味でござるよ。直線で描いてあるゆえ、わかりにくいが読み解く手立てを知れば、簡略化した、実にわかりやすいものでござろう」

佐々木が微笑んだ。

「如何様。たしかに簡潔妙を得た……」

錬蔵は三枚の絵図を凝然と見据えた。

御船手屋敷を出た錬蔵は表門が見えなくなったところで足を止めた。安次郎も立ち止まる。振り向いて告げた。

「安次郎、ただいまより伊藤吉太郎を見張れ。水主同心の禄高で足繁く岡場所などへ遊びに行けるはずがない。ふつうでないことには必ず裏があるのだ。おれは、伊藤吉太郎が夜鴉の重吉一味が押し込む川筋を考え絵図にして渡した、とみている。奴が、どんな動きをするか見極めて、逐一《ちくいち》復申するのだ」

「一挙手一投足《いっきょしゅいっとうそく》も見逃すもんじゃござんせん」

目を光らせて安次郎が応えた。

鞘番所へもどった錬蔵は門番から、

「北町奉行所より使いの者がまいりまして『御支配に直接手渡してくれ』といわれております」

といって封書を手渡された。裏を返すと、

〈工藤幹次郎〉

と記されていた。

（日頃付きあいのない工藤が封書を寄越すなど、何か企み事があってのことであろう）

そうおもいながら用部屋へもどって封を開いた。

〈久しぶりに一献《いっこん》かわし、旧交を温めたく候。なにぶん同じ一件の探索についている身。たがいに知り得た中味など話し合うが、よろしかろうとおもうが如何《いかが》か。この書付を読み次第《しだい》、都合よき日時、場所など、お知らせくだされたく。当方は、貴殿の都合に、すべて合わせる所存〉

と書かれ、日付と名前が書き添えられてあった。

（おそらく探索が行き詰まり、困り果ててのことであろう。まともに話を聞く気にもならぬ）

書付をもどし畳の上に投げ置いた。

錬蔵は、このところ文机の上に置いてある江戸大絵図を脇に広げた。

古川から大川の左岸へ通じる水辺に接する堀川の河口を数えていった。何度数えても、

〈二十四本〉

あった。

三枚の絵図と切絵図を照らし合わせる。往路と復路が同一の川筋を示した中ほどの線を指でたどった。三枚とも、中ほどの太さの線が引かれた途中に、たしかに大店があった。

(まさしく押込み先への川筋を描いた水先絵図)

立ち上がった錬蔵は書庫へ向かった。

(酒粋の二代目、喜平のこと、まずは人別にて調べ上げねばなるまい)

酒粋、喜平の本宅、別宅こそ盗人宿に違いない、との推断があった。

書庫へすすむ歩みが、いつしか早足になっていくのを、錬蔵は感じていた。

石崎橋を渡る、小袖を着流し深編笠を目深にかぶった浪人がいた。

石崎橋のたもと近くを往き来し、立ち止まって橋の下を窺っている。

橋の下に町人がひとり、所在なさげに坐っていた。気づいて顔を向けた。

安次郎であった。

浪人が深編笠の端を持ち上げた。なかからのぞいた顔は錬蔵のものだった。

うむ、と大きくうなずいた錬蔵に、安次郎が浅く腰を屈めた。顔を振って、指し示した先に酒粋がみえた。

安次郎の動きから見て伊藤吉太郎が連夜、酒粋にやって来ているのはあきらかだった。

踵《きびす》を返した錬蔵は再び石崎橋を渡り、酒粋に向かって歩みをすすめていた。

酒粋の前で立ち止まる。

夜鴉の重吉が泊まっているかもしれない。乗り込んで問い詰めたいとおもった。が、はやり立つ、そのこころを懸命に押さえた。

(押込みの間があいている。近々、必ず夜鴉の重吉は、どこぞの大店に押し込むに違いない)

との読みがあった。

(一味を一網打尽《いちもうだじん》にする機会を待つのだ)

そう腹を括っていた。

ゆっくりと錬蔵は歩きだした。喜平の、木場町の別宅から相川町の本宅へと回ると決めていた。ぐるりの様子でもながめておく。それだけにとどめるつもりでいた。

（何よりも感づかれ、警戒するこころを起こさせてはならぬ）

木場町の別宅の前は貯木池の広がる、人通りの少ないところであった。

二階の座敷から行灯の灯りが漏れていた。昨夜、優男風の男たちが傷ついた仲間を連れて逃げ去った方角がこのあたりであった。

あのとき、追おうとした錬蔵だったが、なぜか動きを止めていた。

〈追ってはならぬ〉

との直感が足を止めさせていた。いま、その直感が、

（正しかった）

とのおもいが生まれていた。洲崎弁天から喜平の別宅まではさほどの距離ではない。それに、この人気《ひとけ》のなさである。

（おそらく尾行に気づかれていた）

と判じていた。

別宅の前を素通りした錬蔵は相川町の喜平の本宅へ足を向けた。

五

長屋にもどってくるなり安次郎は錬蔵の座敷に顔を出した。時刻は九つ（深夜零時）近かった。

「あの水主同心、今夜も酒粋に顔を出しましたぜ。主人の喜平が、恵比寿《えびす》顔で揉《も》み手して御機嫌を取り結びながら見送りをしてました。袂《たもと》に紙包みを入れたりしてね。ありゃ、袖の下としかおもえねえや」

「客に袖の下か」

「頼み事をして引き受けてもらった、お礼とみやしたが」

「新たな水先絵図を描いてもらう。そのための御機嫌とりかもしれぬな」

「あるいは絵図を描いて手渡したかもしれやせん」

錬蔵は、洲崎弁天でお俊を襲ったとき、

〈形勢不利〉

とみたのか頬に傷のある男が傷ついた仲間を支えて、前原に捨て台詞を吐いている勢五郎と名乗った男を置き去りに、さっさと逃げ去ったことを思いだした。

（掏られた水先絵図を取りもどすは無理かもしれぬ、と判じて新たな絵図を描いてもらう策を取ったか）

と推断した。

勢五郎と前原の、前原の妻女をめぐる確執については、あの場のやりとりではっきりしている。

（仲間たちのこころのなかに勢五郎を見捨てる気が生じたか。それはそれでおもしろい）

とおもった。夜鴉一味の、

〈鉄の規律がゆるむ遠因〉

となったのだ。

勢五郎が前原の妻女を誑《たぶら》かし、逐電したことが、である。

妻を寝取られた怨みを晴らそうとする前原の執念か、弄《もてあそ》ばれ犬猫同然に捨てられたことに気づいた前原の妻女の怨念か。そのいずれもが勢五郎に取り憑《つ》いて、お俊に巾着を掏らせた。錬蔵はふと湧いたおもいに、

（あまりにも芝居じみた筋立て、おれらしくない）

と苦笑いしながらも、

「因果はめぐる、か」

おもわず呟《つぶや》いていた。

「え？　何ですって」

聞き咎めた安次郎が問いかけてきた。

「いや、何でもない。それより早く休め。明日も今日以上に働いてもらわねばならぬ」

「これだ。人使いが荒すぎやしませんか。こちとら生身《なまみ》の人間ですぜ」

わざとらしく舌打ちしてみせた。

「そういうな。おれもご同様。牛馬の如く走り回る身だ」

「ああいや、こう返す。旦那、ほんとに毒舌を売り物のいい男芸者になりますぜ。竹屋の安次郎太夫も、顔負けだあな」

歌舞伎の大見得《おおみえ》よろしく、頭を大きく回して、おどけた。

捕物など、よほどのことがないかぎり、毎朝五つ（午前八時）には大番屋の務めが始まる。用部屋へ入ったばかりの錬蔵を訪ねてきた人物がいた。

御船手方同心佐々木礼助であった。五十がらみの大身旗本の忍び姿と見える武士を連れて来ている。

「実は、このお方は」

ぐるりに警戒の視線を走らせ、膝をすすめて顔を寄せた。

「船手頭《がしら》の向井将監《むかいしょうげん》様でござる」

はっとして見やった錬蔵が、

「知らぬこととはいえ、失礼申し上げました。ささ上座へ」

慌てて膝行し両手をついた。

向井将監が、手をかざして制した。

「あくまで忍びじゃ。このまま、このままでよい」

佐々木に向けた錬蔵の目が、

(どうしたものか)

と問うていた

「願い事もある。御頭のいわれる通り、このまま、このままで、いいのでござる」

「願い事？」

訝《いぶか》しげな視線を向井将監に向けた。

「貴殿が手に入れられた水先絵図を見せていただけぬか」

「それは造作もないこと。つねに所持しておりますれば」

懐から巾着を取り出し開いて、絵図を三枚抜き出した。

三枚の絵図を、向井将監の前に並べて置く。

凝然と見据えた向井将監が、

「まさしく水先絵図」

顔を上げて錬蔵を見据えた。

「この水先絵図のこと、忘れていただけぬか。御船手方の恥ともいうべきこと。できれば、お返し願いたい」

「それはできませぬ」

にべもない返答だった。

慌てた佐々木礼助が、

「大滝殿、そう硬いことをいわずに、武士は相身互《あいみたが》いと申すではないか」

「この絵図がかかわる一件、まだ落着しておりませぬ。それゆえ証として、手元に置いておかねばなりませぬ」

「しかし、それは」

身を乗りだした佐々木を向井が制した。

「わからぬか。落着すれば話は別、と大滝殿は申されておるのだ」

「は？　左様でござるか」

問うてきた佐々木に錬蔵が無言でうなずいた。

拍子抜けしたように安堵の吐息を漏らした佐々木を横目に、向井将監が姿勢をただした。

「近々、名は明かせぬが、さる高貴なお方の御召御船《おめしおふね》を仕立てることになっておる。その前に」

「その前に、何を為せ、と」

「このこと是非とも引き受けてもらわねばならぬ。船手方の誉れ、船手頭向井将監の面子がかかっておる。門外不出の水先絵図が、あろうことか盗人の押込みの道案内代わりに使われ、描いたのが水主同心となれば、船手方が責めを問われるは必定。それゆえのお願い事でござる」

凝然と見据え、重ねて問うた。

「何を為せ、といわれるのだ」

「水主同心伊藤吉太郎を屠《ほふ》ってもらいたい。深川大番屋の探索の手助けをしていたが非業の死を遂《と》げた、という形をつくってな」

「辻斬りにあってもよし、ということですかな」

「大滝殿の裁量におまかせいたす。本来なら、みずからがこの手で処断すべき伊藤吉太郎。が、船手方で始末したことが万が一にも世間に知られ、幕閣の耳に入れば調べが入ろう。調べが入れば、もともと火種のあること。伊藤の上役などに咎めがあるは、まずまぬがれまい。わしひとりの始末ではすまなくなる。それゆえのお願いでござる。船手方を、この向井将監を助けるとおもうて、この願い、枉《ま》げてお引き受け願いたい」

膝に手を置き、深々と頭を垂れた。

重苦しい沈黙が流れた。

ややあって、錬蔵が口を開いた。

「その願い、お引き受けいたそう。伊藤吉太郎に問い質《ただ》したいこともあります。折りを見て引っ捕らえ、どこぞで密かに責めにかけるかもしれませぬ」

「伊藤が扱い、勝手にしてくだされ。何卒《なにとぞ》よしなにお願い申す。必要ならば、これなる佐々木をお使いくだされ」

「いつでも声をかけてくだされ」

そういって佐々木が頭を下げた。

　向井将監と佐々木礼助が引きあげていったあと、錬蔵は思案に沈んだ。

　張り込むところが増えていた。酒粋、喜平の別宅、本宅の三ヵ所である。油堀などの堀川の河口での張り込みはやめてもいいかもしれない。が、それをやめていいものかどうか、迷った。

　堀川の河口を深川の大番屋の役人が見張っている、ということを夜鴉の重吉が知っていて、

〈しばらく様子をみるか〉

と腹を決めて、押し込むことを控えているかもしれないのだ。狭い深川のことである。噂が知れ渡るのは早い。

　いまの、まだ動きのみえぬ酒粋や別宅、本宅を同心たちに見張らせるのは、

（時期尚早）

と判じた。同心たちが動くとなると大ごとになりがちであった。酒粋などの張り込みは、あくまでも秘密裏《り》に行わなければならない。

　水先絵図を取り出し、文机に置いた。

　見つめる。

いままで気づかなかったが竪川と小名木川を示す横線だけは、すぐに途切れて短かった。

(竪川の張り込みをやめる。八木を油堀に回す)

と決めた。

酒粋の張り込みは、これまでどおり安次郎。本宅は前原。別宅は錬蔵みずからが張り込むことにした。別宅には、勢五郎が潜んでいるかもしれなかった。前原がひとりで勢五郎と顔を合わせたときに何が起きるか。錬蔵には読めなかった。

(あのときは、お俊がいた。務めがあったからこそ怨みを忘れようとつとめたのだ)

とのおもいがある。

うむ、とうなずき、錬蔵は立ち上がった。

小者に、

「八つ(午後二時)におれの用部屋へ集まるよう、松倉たち同心たちが目覚めた頃を見計らってつたえよ」

と命じた錬蔵は長屋へ足を向けた。井戸端で、お俊が洗い物をしていた。子供たちが手伝っているつもりか、まとわりついている。

やってきた錬蔵に気づいて顔を上げたお俊に、

「前原と安次郎が目覚めたら、八つ半（午後三時）に用部屋へ顔を出すようつたえてくれ」

「八つ半、ですね」

念を押したつもりか、刻限を繰り返した。

用部屋へ集まり向かい合って居並んだ松倉孫兵衛、溝口半四郎、八木周助、小幡欣作らを見渡して錬蔵が告げた。

「今日より張り込みのやり方を変える」

一同に緊張が走った。

「松倉、八木、小幡らは、いままでと同じ処《ところ》。八木は油堀に張り込むことにする。姿は隠さずともよい。堂々と、見張っていることを誇示するのだ」

「夜鴉の重吉一味に取り締まりが厳しくなった、とおもわせるわけですな」

溝口が問うてきた。

「そうだ。篝火《かがりび》など焚《た》いてもよい。派手に、やるのだ」

「これはおもしろい」

「芝居がかってやるのも楽しかろうぞ」

溝口と八木が顔を見合わせた。

「竪川の河口の張り込み、なくしてもよいのでしょうか」

目をしばたたかせながら松倉が問うた。

「よい。竪川で何か異変が起きたら、おれがすべての責めを負う」

言い切った錬蔵に一同が黙り込んだ。


同心たちが引きあげ、ほどなくして前原伝吉と安次郎がやってきた。向かい合ったふたりに、河水の藤右衛門から聞いた酒粋と喜平にかかわるあらましを話して聞かせた錬蔵は、

「張り込みの段取りを変える。ただし安次郎には、いまのまま酒粋を張り込んでもらう。前原には酒粋の主人喜平の相川町にある本宅を、おれは別宅を張り込む」

前原に本宅の場所を教え、さらに、つづけた。

「先日、お俊が掏った巾着に入っていた絵図は、押し込む大店へ向かう川筋を記した判じ物であった」

「謎が解けたのですな」

前原が身を乗りだした。

「解けた。いや、さる人に解いてもらった」

安次郎が心得顔にうなずいた。錬蔵がことばを継いだ。

「絵図を描いたとおもわれる男が酒粋に足繁く通っている」

横から安次郎が口を出した。

「主人の扱いが、これまた下にも置かない極上の客にたいするもので。あっしの見た目じゃ、それほどの扱いをされる客とは、とてもおもえねえ。こりゃ、どう見ても、おかしい、と」

「それで喜平に何か含むところあり、とおもわれたわけですな」

問うた前原に、

「事は秘密裏に運ばねばならぬ。おそらく喜平は夜鴉一味の者であろう。深川の料理茶屋の倅《せがれ》と知った夜鴉の重吉が『江戸で押込みを重ねて荒稼ぎする気でいる。不本意だろうが親元にもどって堅気の振りをし、足場となる盗人宿をつくってくれ』と因果を含めたのかもしれぬ」

「そうなると、案外、酒粋の先代を手にかけたのは倅の喜平、ということも考えられますな」

「そいつぁ、ひでえや。噂じゃ先代は人の面倒見のいい、情け深いお人だったようですぜ」

暗い顔つきで発した前原のことばを聞いた安次郎が溜息まじりにいった。

「やり口から見て夜鴉の重吉は冷酷非情の者、下手に逆らっては、おのれの身が危うくなる。それゆえ手下どもは手立てを選ばす、どんな兇悪でも為すのであろうよ。一日も早く捕らえねばならぬ。が、焦るわけにはいかぬ。一味が一堂に会するときを待ち、一網打尽にするのだ」

眦《まなじり》を決して前原と安次郎が大きく顎を引いた。


喜平の別宅の二階の、勢五郎と勘助がいる座敷に客がひとり訪れていた。客というより、この屋の持ち主ともいうべき男、喜平であった。

「そうかい。うまくいったのかい」

勘助が安堵したのか顔をほころばせた。

「これで一安心だ。お陰で懐は空っ風が吹くことになっちまうが。宿の兄哥、何とか、利息を勘弁してくれねえかい」

勢五郎が曖昧な笑みを浮かせた。

〈宿の兄哥〉

と呼びかけられた相手こそ、喜平であった。

おそらく、

〈宿〉

という呼び名は〈盗人宿〉の〈宿〉から取って名づけられたのであろう。

「命がなくなりゃ幾ら金を持っていても使いようがねえよ。てめえの不始末だ、あきらめな、と突き放したいところだが、そうもゆくめえ。利息はいらねえ。その代わり貸した金は勢五郎、てめえひとりで返すんだ」

「ありがてえ。利息がなくなっただけでも大助かりだぜ」

「すっかり兄哥に面倒かけちまったな。恩に着るぜ」

しんみりした口調で勘助が頭を下げた。

「いいってことよ。義兄弟の仲だ。弟分の苦労はおれの苦労と一緒よ。絵図描きのお人には仕事料の半金、七十両を前渡しし、帰り際にお土産代わりに、と十両包んだ。後金の七十両を入れて、しめて百五十両。見込み通りの金高ですんだ。数日で描き上げてくださるそうだ。口説き落とすのに二日かかったぜ。足下を見たのか、やけに渋りやがってよ」

「お頭が兄哥にやらせた、とんでもねえことを、打ち明けられて知っていたんでよ。

成り行き次第じゃ、命を取られると肝《きも》っ玉《たま》が縮《ちぢ》み上がったもんだぜ。何せ兄哥はお頭の命令で、てめえの父《と》っつぁんの顔に、濡らした数十枚の紙を押しつけて殺したんだからな」

「てめえが死ぬか、親を殺すか、お頭から強談《こわ》判されてな。渋っていたら、いきなり匕首を鼻先に突きつけられた。死にたくなかったんで親父をやっちまった。手にかけたくはなかったんだが、親父が生きてちゃ酒粋や本宅、別宅を盗人宿に仕立てあげられねえ。お頭は怖いお人だ」

しみじみと喜平がいった。

「かといって抜けることはできねえよ。抜けようとしたら命を取られるに決まっている。お頭はや、、、っとうの達人だ。とても太刀打ちできねえ。死ぬまでお頭のために働くしかねえ。今度ばかりは、ぽっくりお頭が死んでくれたら、と何度おもったかしれねえぜ」

勢五郎が溜息まじりにいった。

「おれも、そうさね」

そこでことばをきった勘助が、喜平に問うた。

「いつも顔を出そうとしない兄哥がやって来たのは、絵図描きを引き受けてもらったというつなぎだけかい。それとも」

「そこよ。相模国《さがみのくに》は平塚《ひらつか》の網元との触れ込みで、酒粋に長逗留を決め込んでいなさるお頭が『四日後に押し込むとつたえてこい』といい出されてな。それもあってきたのよ」

「四日後か」

「その夜までに絵図が描き上がっているといい訳を重ねずにすむんだが」

そういって勘助と勢五郎が顔を見合わせた。

その日の夕方、錬蔵は河水楼にいた。藤右衛門に頼み事があった。

「客ではない。いつも藤右衛門がいる帳場の奥に上がればすむ話」

と渋る錬蔵に応対に出た政吉が、

「主人から、大滝様がいらっしゃったら座敷に上がってもらうよう、いいつかっております。後で、あっしが小言をくいやす」

と粘った。

座敷に上がった錬蔵に政吉が、

「呼んで参ります」

といい残し、襖を閉めて去っていった。

待つことしばし……。

「藤右衛門でございます」

と声をかけてきた。

「入られよ」

その声に戸襖が開けられ、藤右衛門が入ってきて向かい合って坐った。

「頼みがあるのだ」

単刀直入《たんとうちよくにゆう》な錬蔵の物言いであった。

「私に出来ますことなら何なりとお聞きしますが」

「花火を三本、手配してくれぬか。それぞれ赤、黄、白と単色の火花を咲かせるものでよい」

「何かの、合図でございますか」

「そうだ」

「何に使うかは聞きますまい。で、いつまでに」

「できれば今夜にでも」

「今夜？　それはまた急な話で」

「何とか、ならぬか」

「玉屋《たまや》の主人と付きあいがございます。花火の形に注文がなければ、なんとかなるか、と」

「注文はない。色さえわかればいいのだ。できれば手軽に持ち歩けるものであれば、ありがたい」

「今夜のうちに政吉にでも、鞘番所までとどけさせましょう」

「わかるように門番にいいおいておく」

「夕餉などいかがですかな」

「今夜は遠慮しとこう。まだ務めが残っている。この間、馳走になったばかりだ。次は、おれに宴をもたせてくれ」

「大滝さまらしい申し出。気がすむようになさりませ。大滝さまとの夕餉、たとえ蕎《そ》麦《ば》一枚でも、藤右衛門、大満足でございます」

藤右衛門が呵々《かか》と笑った。

別宅の張り込みから深川大番屋へもどると、藤右衛門から細身の手筒花火が三本とどけられていた。筒に赤、白、黄とあるのは花火の色を記してあるのだろう。

鍊蔵は門番に命じて手筒花火を長屋へ運ばせた。明日には安次郎、前原ともども、手筒花火を風呂敷に包んで持ち歩かなければならない。

翌日、八つ(午後二時)に用部屋へ松倉ら同心たちと前原、安次郎を呼び寄せた。同心たちが向かい合って居並び、前原と安次郎が戸襖の脇に身を置いた。

酒粋、酒粋の主人の本宅、別宅を密かに張り込んでいることを話して聞かせ、

「夜鴉の重吉一味は、押込みに仕掛かる夜には、必ず酒粋、喜平の本宅、別宅のどこぞに集まるは必定。集まる場所を突き止めたら花火を打ち上げるゆえ、それぞれ張り込む河口から馳せ参じるのだ。河口の張り込みをやめるわけにはいかぬ。夜鴉一味の警戒を招く恐れがある。このまま何も気づかぬ風を装って張り込むのだ。酒粋は白の花火、本宅は赤、別宅ならば黄色の花火を打ち上げる。よいな」

緊張した面持ちで一同が大きく顎を引いた。

手筒花火を受け取るべく鍊蔵の長屋にやって来た安次郎と前原は、それぞれ、

「昨夜は何の動きもありませんでした」

と復申してきた。鍊蔵の張り込む別宅にも変わった様子はなかった。

二日過ぎた。相変わらず何の変化も見えない。

（押込みがあるのか）

との不安が湧いた。

（このまま待つしか手立てはない）

そうこころにいい聞かせた。錬蔵だけではない。安次郎も前原も、同心たちも同じおもいだったに違いない。

張り込んで四日目……。

黄色の手筒花火を包んだ風呂敷を手にした錬蔵は別宅を見張れる洲崎の土手へ向かうべく、洲崎弁天への土手道を歩んできた。深編笠をかぶり小袖を着流した浪人と見紛う姿であった。

足を止める。

深編笠の端を持ち上げて、じっと見つめる。

別宅のそばの土手に小船が舫ってあった。

（集まる場所は別宅か）

そのまま土手に下り、身を低くして近づいていった。

五つ（午後八時）を告げる時鐘が風に乗って聞こえてくる。小船に乗り込むべく土手を下りてくる人影があった。手に手に、はみ出た釣り竿をくるんだ菰《こも》と魚籠《びく》を下げている。数えると六人いた。

小船に乗り込んだ。

平野川へ漕ぎ出た小船は二十間川へ向かってすすんでいく。もはや黄色の手筒花火に用はなかった。

（酒粋か、本宅。おそらく本宅であろう）

と判じた錬蔵は手筒花火を包んだ風呂敷をそのまま置いて、土手の草を踏みしめながら後を追った。

安次郎は、いつもの石崎橋の下で張り込んでいた。五つの時鐘が鳴り始めると酒粋から喜平が出てきた。店から出てきて立ち止まり、左右に視線を走らせる。いつもの愛想のいい顔つきではなかった。

（こいつは、何かありそうだぜ）

白色の手筒花火と長脇差一本を包み込んだ風呂敷を手に取って、首を傾げた。

（この刻限だ。本宅しか、あるめえ）

胸中で、そうつぶやいて長脇差だけを引き抜いた。風呂敷包みを土手に置く。堤をのぼって石崎橋を渡った。歩いていく喜平が見える。足の向いている先は相川町であった。長脇差を腰に差した安次郎は、どこぞの一家の、いなせな、やくざ者としか、見えなかった。

相川町の本宅の船着き場に小船が一艘、舫ってある。張り込みに来たときには、すでに一艘しかなかった。

土手に身を潜めて様子を窺う前原の脳裏に、ふと湧いて出たことがあった。張り込みの場には、およそ不似合いな光景であった。

身支度をして長屋を出た前原を、お俊が追いかけてきた。何事かと立ち止まり振り向くと、近寄ってきて、じっと見つめていった。

「お願いがあるんだ」

「何だ」

「わたしをここにおいてくれないかい。前原さんがいい、といったら下働きをやらせてくれると大滝の旦那とは話がついてるんだ」

「おれは、かまわぬが」

「二つ返事で、嬉しいねえ。わたしはね、佐知ちゃんと俊作ちゃんの、おっ母さん代わりはできるとおもうんだ。お姉ちゃん代わりといいたいけど、年が、ね。やっぱりおっ母さん代わりか。面倒、見させておくれよ。ふたりが可愛いんだよ」

「そうか。おれから、願いたかったことだ。ふたりのおっ母さん代わりを、務めてくれ」

「おっ母さんになりきって、務めさせてもらうよ」

満面に笑みを浮かべた。

「頼む」

行きかけた背中に、

「前原さん」

と声がかかった。振り向くと、

「しっかりおやりよ。なんたって、男は、お務めが大事だからね」

いままで見せたことのない真剣な顔つきでお俊がいったものだった。

「わかっている」

自然と笑みが浮いていた。

その微笑みの感覚が、いまも残っているような気がして、おもわず頰に触れていた。

次の瞬間……。

その顔に緊張が走った。男たちが本宅の裏口から出てきた。それぞれ菰の包みと魚籠を手にしていた。菰から釣り竿がはみ出している。夜釣りの支度とおもえた。男たちは八人、いる。いずれも、どこぞのお店の奉公人と見える出で立ちであった。小船に菰包みを置くと本宅へもどっていった。

やがて二十間川から下ってきた小船が船着き場に漕ぎ寄せてきた。接岸してお店者風の形をした男たちが降り立つ。

その中に見知った顔を見いだし、前原は目を大きく見開いた。

勢五郎がいた。頰に傷のある男も見える。小船を舫に繫ぐ男を残して本宅へ消えていった。

おもわず奥歯を嚙みしめていた。拳《こぶし》を握りしめる。怒りが込み上げてきた。おもわず立ち上がりかけたとき、背後に人の気配を感じた。

振り向くと錬蔵がいた。安次郎も近寄ってくる。

「不覚者。おれが一味の者なら斬られているぞ」

低いが厳しい声音だった。その声で、前原の怒りが不思議なほど急速に鎮《しず》まっていった。

「男たちが大勢集まっております」

「斬り込みますか」

安次郎が長脇差の柄に手をかけた。

「まずは花火だ。打ち上げる支度をしろ」

うなずいた前原が風呂敷包みをほどき赤色の手筒花火を取り出した。

派手な音を立てて打ち上げられた花火が夜空に真っ赤な炎の花を広げて、散らした。

小名木川の河口で張り込む溝口半四郎が見上げて吠《ほ》えた。

「赤い花火だ。夜鴉一味は相川町の本宅だ。ここは一番遠いところ。他の同心たちの手先たちに遅れを取ってはならぬ。走りに走って、手柄とするのだ」

手先たちが大きくうなずいた。

夜空に真っ赤な花を咲かせた花火に、大島川で見張る小幡が声を高めた。

「急げ。相川町は間近だ」

先頭立って走りだした。手先たちがつづいた。

仙台堀を張り込んでいた松倉たちが、油堀を張っていた八木に率《ひき》いられた一行が、大川沿いの河岸道を血相変えて走っていく。

千鳥足でやって来た職人風があわてて脇へ避けた。

「小幡が駆けつけるまで待てぬ。夏の花火とはいえ深更の刻限。夜鴉一味が不審におもい警戒を強める恐れもある。おれが表から斬り込む。前原は裏から斬り込め。安次郎は裏口を固めろ。ひとりも逃がすでないぞ」

いうなり錬蔵が表へ走った。前原と安次郎が裏口へ向かった。

表戸を蹴破って踏み込み錬蔵がよばわった。

「深川大番屋支配、大滝錬蔵である。御用の筋あり。あらためる」

なかから男たちが飛び出してきた。抜きはなった長脇差を手にしている。

「野郎。死ね」

男が斬ってかかった。横薙《な》ぎに一刀のもとに斬り捨てた錬蔵が、はたと睨みつけた。

「おとなしく縛《ばく》につけ。御上にもお慈悲はあるぞ」

ふたりが左右から斬ってかかった。袈裟懸けに斬り伏せ、返す刀でふたりめを倒した。血飛沫《しぶき》を上げて倒れるのを見向きもせず、足をすすめた。

「深川大番屋の手の者、前原伝吉。抗《あらが》えば斬る」

裏手でよばわった声に、

「裏口に向かえ」

との声が上がった。

迫る錬蔵に頬に傷のある男が後退る。他の男たちも囲んだまま斬り込んでこようとはしなかった。

「来い。かかって来なければ、おれから行く」

上がり框《がまち》に足をかけた。

そのとき、

「御支配」

声と共に抜刀した小幡が飛び込んできた。手下がつづく。

「加勢がくるぞ」

「逃げろ。血路を開いて逃げるんだ」

吠え立てる声が上がった。

わめき声を上げて男たちが斬り込んでくる。刃をぶつけ合いながら錬蔵は奥へとすすんだ。

前原と切り結ぶ四十代半ばの男がいた。壁際に追い詰められた前原に、薄ら笑いで男が告げた。

「夜鴉の重吉相手に一勝負しようとは片腹痛いぜ。あの世でせいぜい、ついてなかった、と愚痴《ぐち》をこぼすんだな」

喉元に突きを入れようとした刀に、横から大刀が叩きつけられた。

「御支配」

前原がいい、すぐさま右側の男に斬りかかった。

錬蔵が、夜鴉の重吉の刀を押さえ込んでいた。

「おれが相手だ」

「洒落臭《しゃらくせ》え」

鎬《しのぎ》を滑らせて躰を寄せ、肘で突く。

飛び退《の》いて避けた錬蔵が右下段に構えた。

「やるな」

夜鴉の重吉が正眼に刀を置いた。

睨み合いの火花が散った。

前原と傷のある男が鍔迫《つばぜ》り合いとなった。横から斬りかかった男がいた。身を躱《かわ》して刀を弾《はじ》いた前原の目に、たたらを踏む勢五郎の姿が映った。

「勢五郎。斬らずにはおかぬ」

「野郎」

突きかかった勢五郎の刀が握った手首ごと畳に落ちた。

呻いた勢五郎の顔面を、さらに上段から振り下ろした前原の大刀が幹竹割《からたけわり》に断ち割った。優男風の顔の真ん中を血の筋が走った。目を剝《む》いた勢五郎は、まさしく悪鬼の形相と化していた。そのまま崩れ落ちた。

裏口から飛び出してきた男がいた。喜平だった。刀を手にしていた。

「酒粋のご主人、どこへ行きなさるね」

という声に振り向くと、長脇差を抜いた安次郎がいた。

「我が家にもどったら、盗人が入っていて、それで」

「盗人ねえ。夜鴉の重吉の一味ですかい」

「そ、それを知ってる、おまえは」

「深川鞘番所の手の者で竹屋の安次郎という半端者でさ」

不敵な笑みを浮かべた。

「畜生、死ね」

喜平が斬ってかかった。二回、三回と刃を合わせた。鍔迫り合いをしながら問うた。

「おまえさん、お父っつぁんを、酒粋の先代を殺したね」

「それが、どうした」

顔を歪めて吠えた。

「それだけ聞きゃ容赦はしねえ」

肘で喜平の胸を突いた。よろける肩口へ長脇差を叩き込んだ。

小幡が頬に傷のある男の首を切り裂いた。血飛沫《しぶき》が噴《ふ》き上がったとき、八木が、松倉が相次いで飛び込んできた。溝口がつづいた。

「しまった。手遅れか」

一気に走り込んだ溝口が障子の陰から突きを入れてきた男を、障子の桟《さん》ごと叩き斬った。障子ごと倒れ込む男には見向きもせずに奥へ走った。

対峙《たいじ》したまま錬蔵と夜鴉の重吉は動きを止めていた。が、ふたりの気迫はぐるりに満ち、他者を寄せつけることはなかった。近づいた者はあまりの殺気に後退って、遠のいた。

刃をぶつけ合う喧騒が鎮《しず》まりかけたとき……。

錬蔵と夜鴉の重吉はじりじりっと間合いを詰め合っていった。

「逃げてみせる。てめえを斬れば逃げられる」

低く吠えた夜鴉の重吉に、

「貴様だけは逃がさぬ」

見据えて錬蔵が告げた。

裂帛《れっぱく》の気合いを発して夜鴉の重吉が突きを入れた。半歩横に逃れた錬蔵の刀が右下段から逆袈裟に振り上げられていた。左脇腹を切り裂かれ、のけぞった夜鴉の右肩に刀を返した錬蔵の袈裟懸けの一振りが食い込んでいた。

血飛沫を上げ、前のめりに倒れ込んだ夜鴉の重吉を見下ろして告げた。

「鉄心夢想流《てっしんむそう》、霞十文字《かすみじゅうもんじ》。わずか二太刀であの世へ旅立てたのだ。天の慈悲とおもうがよい」

お船手方の門番所の物見窓の前に立つ着流しの武士がいた。深更のことである。物見窓を薄目に開けて老門番が、

「何事ですかな」

と問いかけた。

「伊藤吉太郎殿からいつ何時《なんどき》でもよい。遊びにきてくれ、といわれた者。取り次いでもらいたい」

と武士が微笑んだ。存外、爽《さわ》やかな笑顔だった。

「伊藤さまは、まだおもどりにならぬ。いつも九つ（深夜零時）近くになる。もう九つは過ぎたか。出直してこられたらいかがか」

「伊藤殿は必ずお帰りになるのであろう」

「そうじゃ。長屋にお住まいじゃからの。ひとりの気儘な暮らしぶりだ。朝の務めに間に合うよう帰られるが、まずは引きあげられるがいい」

「そうか。折角来たのに残念至極」

ことばとは裏腹に武士はあっさりと引きあげた。

少し歩をすすめ武士は立ち止まった。

「厄介事は早めに片付けようとおもって、やってきたが、どうしたものか」

首を傾げた武士こそ大滝錬蔵であった。見ると千鳥足で歩いてくるものがいる。

錬蔵は、ゆっくりと歩み寄った。

千鳥足の男は着流し姿の武士であった。

「伊藤吉太郎殿とお見受けいたす」

「おぬし、何者だ」

酔眼をこらした。その顔に見覚えがあった。たしかに伊藤吉太郎だった。

「天の慈悲を授けに来た者」

「何っ」

目を剝いた伊藤に三枚の紙が投げつけられた。風に舞った紙が足下に落ちた。見つめた伊藤の顔が驚愕に歪んだ。

「これは」

「左様。おぬしが描いて夜鴉の重吉一味に売った水先絵図」

「おのれ」

伊藤吉太郎が刀を抜いた。同時に刀を抜きはなった錬蔵が右下段に構えた。斬り込んできた切っ先を躱《かわ》し逆袈裟に剣を振り上げた。間髪を入れず、返す刀を袈裟懸けに振り下ろす。一太刀めは左脇腹、二太刀めは右肩を切り裂いていた。

握った刀の重みに耐えかねたかのように前のめりに伊藤が倒れた。

絵図を拾い集めた錬蔵が折り畳んで巾着に入れた。

「本来ならば霞十文字を使う価値もない相手。せめてもの武士の情けとおもうがよい」

一瞥《いちべつ》し、踵を返した。


翌朝、赤い襷《たすき》をかけたお紋が鞘番所の錬蔵の長屋の台所で、甲斐甲斐しく立ち働いている。上がり端に腰掛けていた安次郎が両手を挙げて大きな欠伸《あくび》をした。

振り返ってお紋がいった。

「何だよ。他人《ひと》が捕物があった、鞘番所が盗人一味を退治したって評判を座敷帰りに耳にしたんで、お祝いがてら早起きして、うまい朝飯のひとつもつくってやろうと張り切ってやってきたのに。どこへ行ったんだい旦那は。一緒に暮らしてるのに知らない、とはいわせないよ」

「そんなことといったって、旦那にだって都合があらあな。男には、男の付きあいがあるんだよ。あんまり、かりかりしてちゃ嫌われるぜ、旦那に、よ」

「告げ口する気かい」

「そんな気はねえが、よ。まったく深川の女は気が強くて、いけねえ」

「気っ風がよくて威勢がいい、といってほしいねえ。まったく旦那、どうしちまったんだろう」

恨めしげな目で表戸を眺めた。

錬蔵は大川端の河岸道の町家の陰にいる。深編笠に小袖を着流した忍び姿であった。

大川の土手に立つ前原を見つめている。

前原は足下をじっと見据えていた。そこに人の頭大の石があった。その石に見覚えがあった。錬蔵が十手を置いた石であった。

石を見据えていた前原が大刀を抜いた。

深編笠の端を持ち上げ、その動きのひとつも見逃すまいと目を見張った。

「里江、おまえのことは、もう忘れた。どこの誰かわからぬ無縁仏に墓石はいらぬ」

話しかけ、前原が大刀を大上段にふりかざした。一気に振り下ろす。

石はみごと真っ二つに断ち割られていた。

大刀をしずかに鞘におさめた。

二つに断ち割った石をしばし見つめていたが、顔を背け歩き去っていく。

その姿を錬蔵がじっと見据えていた。

「かすのこころを斬った、か」

つぶやいた錬蔵は深編笠の端を引き下げた。ゆっくりと河岸道を歩きだす。

夏の朝の陽差しが勢いを増し、地を焼き尽くそうと照りつけてくる。頬を嬲《なぶ》る川風が心地よかった。

大川を漕ぎ上がってくる一艘の小船があった。錬蔵には、その小船が断ち切れぬ煩《ぼん》悩《のう》を積み荷に、あの世までをも漕ぎすすむ恋慕舟とおもえた。

【参考文献】

『江戸生活事典』三田村鳶魚著　稲垣史生編　青蛙房
『時代風俗考証事典』林美一著　河出書房新社
『江戸町方の制度』石井良助編集　人物往来社
『図録　近世武士生活史入門事典』武士生活研究会編　柏書房
『江戸時代　古地図・古文書で愉しむ　諸国海陸旅案内』人文社
『新修　五街道細見』岸井良衛著　青蛙房
『図録　都市生活史事典』原田伴彦・芳賀登・森谷尅久・熊倉功夫編　柏書房
『復元　江戸生活図鑑』笹間良彦著　柏書房
『絵で見る時代考証百科』名和弓雄著　新人物往来社
『時代考証事典』稲垣史生著　新人物往来社
『長谷川平蔵　その生涯と人足寄場』瀧川政次郎著　中公文庫
『考証　江戸事典』南条範夫・村雨退二郎編　新人物往来社
『江戸老舗地図』江戸文化研究会編　主婦と生活社
『新編　江戸名所図会　～上・中・下～』鈴木棠三・朝倉治彦校註　角川書店

『武芸流派大事典』綿谷雪・山田忠史編　東京コピイ出版部
『図説　江戸町奉行所事典』笹間良彦著　柏書房
『江戸町づくし稿―上・中・下・別巻―』岸井良衛　青蛙房
『江戸岡場所遊女百姿』花咲一男著　三樹書房
『江戸の盛り場』海野弘著　青土社
『天明五年　天明江戸図』人文社
『嘉永・慶応　江戸切繪圖』人文社

吉田雄亮著作リスト

修羅裁き	裏火盗罪科帖	光文社文庫	平14・10
夜叉裁き	裏火盗罪科帖㈡	光文社文庫	平15・5
繚乱《りょうらん》断《だ》ち	仙石隼人探察行	双葉文庫	平15・9
龍神裁き	裏火盗罪科帖㈢	光文社文庫	平16・1
鬼道裁き	裏火盗罪科帖㈣	光文社文庫	平16・9
花魁殺《おいらんさつ》	投込寺闇供養	祥伝社文庫	平17・2
閻魔《えんま》裁き	裏火盗罪科帖㈤	光文社文庫	平17・6
弁天殺《べんてんさつ》	投込寺闇供養㈡	祥伝社文庫	平17・9
観音裁き	裏火盗罪科帖㈥	光文社文庫	平18・6
黄金小町	聞き耳幻八浮世鏡	双葉文庫	平18・11
火怨裁き	裏火盗罪科帖㈦	光文社文庫	平19・4
傾城番附《けいせいばんづけ》	聞き耳幻八浮世鏡	双葉文庫	平19・11
深川鞘《さや》番所		祥伝社文庫	平20・3

転生裁《てんしょう》き　裏火盗罪科帖(八)　光文社文庫　平20・6
放浪悲剣　聞き耳幻八浮世鏡　双葉文庫　平20・8
恋慕舟　深川鞘番所　祥伝社文庫　平20・9

恋慕舟

一〇〇字書評

切り取り線

購買動機（新聞、雑誌名を記入するか、あるいは○をつけてください）

□（　　　　　　　　）の広告を見て	
□（　　　　　　　　）の書評を見て	
□ 知人のすすめで	□ タイトルに惹かれて
□ カバーがよかったから	□ 内容が面白そうだから
□ 好きな作家だから	□ 好きな分野の本だから

●最近、最も感銘を受けた作品名をお書きください

●あなたのお好きな作家名をお書きください

●その他、ご要望がありましたらお書きください

住所	〒				
氏名		職業		年齢	
Eメール	※携帯には配信できません		新刊情報等のメール配信を 希望する・しない		

あなたにお願い

この本の感想を、編集部までお寄せいただけたらありがたく存じます。今後の企画の参考にさせていただきます。Eメールでも結構です。

いただいた「一〇〇字書評」は、新聞・雑誌等に紹介させていただくことがあります。その場合はお礼として特製図書カードを差し上げます。

前ページの原稿用紙に書評をお書きの上、切り取り、左記までお送り下さい。宛先の住所は不要です。

なお、ご記入いただいたお名前、ご住所等は、書評紹介の事前了解、謝礼のお届けのためだけに利用し、そのほかの目的のために利用することはありません。またそのデータを六カ月を超えて保管することもありませんので、ご安心ください。

〒一〇一-八七〇一
祥伝社文庫編集長　加藤　淳
☎〇三（三二六五）二〇八〇
bunko@shodensha.co.jp

祥伝社文庫

上質のエンターテインメントを！　珠玉のエスプリを！

祥伝社文庫は創刊15周年を迎える2000年を機に、ここに新たな宣言をいたします。いつの世にも変わらない価値観、つまり「豊かな心」「深い知恵」「大きな楽しみ」に満ちた作品を厳選し、次代を拓く書下ろし作品を大胆に起用し、読者の皆様の心に響く文庫を目指します。どうぞご意見、ご希望を編集部までお寄せくださるよう、お願いいたします。

2000年１月１日　　祥伝社文庫編集部

恋慕舟《れんぼぶね》　深川鞘番所《ふかがわさやばんしよ》　長編時代小説

平成20年９月10日　初版第１刷発行
平成20年10月５日　第２刷発行

著　者　吉《よし》田《だ》雄《ゆう》亮《すけ》
発行者　深澤健一
発行所　祥《しよう》伝《でん》社《しや》
東京都千代田区神田神保町3-6-5
九段尚学ビル　〒101-8701
☎03(3265)2081(販売部)
☎03(3265)2080(編集部)
☎03(3265)3622(業務部)
印刷所　堀内印刷
製本所　ナショナル製本

ISBN978-4-396-33454-3　C0193

祥伝社のホームページ・http://www.shodensha.co.jp/

祥伝社文庫

吉田雄亮 **花魁殺《おいらんさつ》** 投込寺闇供養

源氏天流の使い手・右近が女郎を生贄《いけにえ》にして密貿易を謀る巨悪に切り込む、迫力の時代小説。

吉田雄亮 **弁天殺** 投込寺闇供養【二】

吉原に売られた娘三人と女衒《ぜげん》が殺され、浄閑寺に投げ込まれる。吉原に遺恨を持つ赤鬼の金造の報復か？

吉田雄亮 **深川鞘番所**

江戸の無法地帯深川に凄い与力がやって来た！　弱者と正義の味方――大滝錬蔵が悪を斬る！

井川香四郎 **未練坂** 刀剣目利き 神楽坂咲花堂

剣を極めた老武士の奇妙な行動。上条綸太郎は、その行動に十五年前の悲劇の真相が隠されているのを知る。

井川香四郎 **恋芽《めぶ》吹き** 刀剣目利き 神楽坂咲花堂

咲花堂に持ち込まれた童女の絵。元の持主を探す綸太郎を尾行する浪人の影。やがてその侍が殺されて……

井川香四郎 **あわせ鏡** 刀剣目利き 神楽坂咲花堂

出会い頭に女とぶつかり、瀬戸黒の名器を割ってしまった咲花堂の番頭峰吉。それから不思議な因縁が…。

祥伝社文庫

井川香四郎　千年の桜　刀剣目利き 神楽坂咲花堂

前世の契りによって、秘かに想いあう娘と青年。しかしそこには身分の壁が…。見守る綸太郎が考えた策とは!?

井川香四郎　閻魔《えんま》の刀　刀剣目利き 神楽坂咲花堂

神楽坂閻魔堂が開帳され、悪人たちが次々と成敗されていく。綸太郎は妖刀と閻魔裁きの謎を見極める!

小杉健治　白頭巾　月華の剣

大名が運ぶ賄を夜な夜な襲う白い影。新たな時代劇のヒーロー白頭巾。その華麗なる剣捌きに刮目せよ!

小杉健治　翁《おきな》面の刺客

江戸中を追われる新三郎に、翁の能面を被る謎の刺客が迫る! 市井の人々の情愛を活写した傑作時代小説

小杉健治　札差《ふださし》殺し　風烈廻り与力・青柳剣一郎

貧しい旗本の子女を食い物にする江戸の闇。人呼んで〝青痣〟与力・青柳剣一郎がその悪を一刀両断に成敗する!

小杉健治　火盗殺し　風烈廻り与力・青柳剣一郎

火付け騒動に隠された陰謀。その犠牲となり悲しみにくれる人々の姿に、剣一郎は怒りの剣を揮った。